Karl Olsberg

Zurück in die Würfelwelt

Ein Minecraft-Roman

Published by briends GmbH, Bahngärten 7,
22041 Hamburg, Germany
www.facebook.com/Wuerfelwelt
www.karl-olsberg.de

Für Leopold

Was ist „real"? Wie definierst du „real"?
Morpheus

Danke an Concrafter für die Einwilligung zu einem Gastauftritt in diesem Buch. Danke an Leopold für die gefundenen Fehler und viele gute Verbesserungsvorschläge. Danke an alle, die mir gemailt und mir Mut gemacht haben, diese Fortsetzung zu schreiben - ich hoffe, ich kann Eure Erwartungen erfüllen. Schickt Eure Kommentare und Meinungen an karlolsberg@gmail.com.

1.

„Willst du nicht doch lieber noch ein paar Tage zuhause bleiben?" Meine Mutter sieht mich sorgenvoll an. „Du bist ziemlich blass."

„Mir geht es gut!" Mit einem Lächeln versuche ich zu überspielen, dass ich immer noch etwas wackelig auf den Beinen bin. Wenn man vier Wochen im Koma lag, ist das ganz normal, nehme ich an. Aber um nichts in der Welt will ich heute zuhause bleiben, jetzt, wo Amelie wieder da ist.

Während ich noch im Krankenhaus lag, ist sie mit ihrer Mutter zu ihren Großeltern gefahren, die in irgendeinem kleinen Kaff in den Bergen wohnen. „Sie braucht mich jetzt", hat sie gesagt, und ich habe genickt, als mache es mir nichts aus, sie zwei Wochen lang nicht zu sehen. Wir haben jeden Tag miteinander gechattet, manchmal mehrere Stunden lang, aber das ist nicht dasselbe.

„Du bist so tapfer! Ich bin stolz auf dich, mein Sohn!" Mam gibt mir einen Kuss zum Abschied. Das ist auch nicht dasselbe.

Ein kalter Nieselregen wäscht mir die letzte Müdigkeit aus dem Gesicht. Es tut gut, wach zu sein. Meine Schule liegt nur einen Kilometer von meinem Elternhaus entfernt. Während ich den gewohnten Weg entlang schlendere, wandern meine Gedanken zurück in die seltsame Welt in meinem Kopf, in der ich gefangen war.

Bisher habe ich niemandem von meinen Erlebnissen erzählt, nicht einmal Amelie. Ich will nicht, dass sie mich für verrückt hält. Außerdem hat sie noch nie Minecraft gespielt und keine Ahnung, was Creeper und Endermen sind. Doch jetzt wünschte ich, ich könnte meine Eindrücke und Erlebnisse mit jemandem teilen. Es fühlt sich alles immer noch so real an, als wäre ich wirklich dort gewesen - orientierungslos am Würfelstrand, von Skeletten gehetzt in einer dunklen Höhle, ratlos im Raum mit den vielen Hebeln, voller Ehrfurcht vor dem Thron des Todes, in Todesangst in der düsteren Halle des Withers, verzweifelt auf dem Rücken des Enderdrachen.

Seit ich aus dem Krankenhaus kam, habe ich nicht mehr am Computer gespielt. Ich weiß selbst nicht genau, warum. Vielleicht hatte ich Angst, dass mir mein Lieblingsspiel keinen Spaß mehr machen würde, nachdem ich es so real erlebt habe. Möglicherweise habe ich auch einfach das Bedürfnis gehabt, die ganz normale, langweilige Realität zu genießen - von Aufregung und Abenteuer habe ich jedenfalls erst mal genug.

Als ich mich dem Schulgelände nähere, bekomme ich auf einmal einen Riesenbammel. Was soll ich zu Amelie sagen? Einfach Hallo? Ist das nicht ein bisschen wenig? Soll ich ihr einen Kuss geben?

Wir haben uns geküsst, als ich aus dem Koma aufgewacht bin. Aber was, wenn das bloß Dankbarkeit war, weil ich sie von ihrem bösen Stiefvater befreit habe? Vielleicht hat sie sich während unserer stundenlangen Chats in Wirklichkeit gelangweilt. Mal ehrlich, was könnte ein Mädchen wie sie schon an einem Typen wie mir finden? Vielleicht möchte sie, dass wir einfach nur gute Freunde bleiben.

Mein Herz pocht bis zum Hals und mein Kopf ist wie leergefegt, als ich schließlich das Schulgelände betrete. Als Erster kommt mir Jan grinsend entgegen.

„Marko! Mann, du hast uns allen 'nen ganz schönen Schrecken eingejagt!"

Am liebsten würde ich ihm erzählen, dass mir auch ein

paar ganz schöne Schrecken eingejagt worden sind. Er würde verstehen, wovon ich rede, wenn ich Nether-Festungen und Ghasts erwähne – wir haben zusammen viel Zeit auf einem Minecraft-Server verbracht. Wenn ich ihm erzählte, dass ich auf einem Altar gelegen habe, umringt von singenden Zombie-Pigmen-Mönchen … er würde ganz schön große Augen machen!

Während wir zum Hauptgebäude gehen, schweift mein Blick über den Schulhof, der in trübes, gelbes Flutlicht getaucht ist. Amelie ist nirgends zu sehen. Vielleicht ist sie schon im Gebäude. Sie geht in eine Parallelklasse, ich werde also bis zur ersten Pause warten müssen.

In der ersten Stunde haben wir Bio bei Frau Paulsen. Sie ist normalerweise ziemlich streng und wir mögen sie nicht besonders, doch als sie mich sieht, kommt sie auf mich zu und erkundigt sich danach, wie es mir geht. Ich gebe mir Mühe, den Eindruck zu machen, als sei so ein Koma nicht mehr als ein etwas ausgedehnter Mittagsschlaf.

Überhaupt sind alle ungewöhnlich nett zu mir. Ich erfahre, dass die ganze Klasse im Krankenhaus war und gesehen hat, wie ich apathisch da lag. Einige haben geweint, vor allem die Mädchen. Jetzt behandeln sie mich, als sei ich von den Toten auferstanden. Mir wäre es lieber, sie würden Witze darüber machen: „Na, gut geschlafen, Marko?“ oder „Nur noch zweimal schlafen, dann ist Weihnachten.“

In der Pause dränge ich mit den anderen auf den Schulhof. Von Amelie keine Spur. Vielleicht kommt sie aus irgendeinem Grund später zur Schule, oder die ersten beiden Stunden sind für sie ausgefallen. So was kommt ja vor. Doch auch in der zweiten Pause ist von ihr nichts zu sehen. Enttäuschung macht sich in mir breit. Ich schreibe ihr eine Kurznachricht, doch sie antwortet nicht.

Der Knoten in meinem Magen wird immer fester. Gedanken jagen durch meinen Kopf wie Gespenster: Sie bleibt absichtlich weg. Sie hat Angst davor, mich wiederzutreffen. Sie traut sich nicht, mir zu sagen, dass sie nichts mehr mit mir zu tun haben will. Und dann: Ihr ist etwas passiert.

Der Gedanke trifft mich wie ein Stromschlag. Sofort geht meine Fantasie mit mir durch. Ich male mir aus, wie ihr Vater aus der Untersuchungshaft ausgebrochen und in die Berge gefahren ist, um sich an seiner Frau und seiner Stieftochter zu rächen. Ich sehe mich auf dem Schulhof um und entdecke eine Gruppe von Mädchen, die in Amelies Klasse gehen. Auf meine Frage zucken sie nur mit den Schultern.

„Vielleicht ist sie krank“, meint eine von ihnen.

Als wir gestern Mittag zuletzt gechattet haben, hat sie nichts davon gesagt, dass sie sich nicht wohlfühlt - nur, dass sie jetzt mit ihrer Mutter zur Bahn muss und sich auf die Schule freut.

„Was ist eigentlich mit dir los?“, fragt Jan.

Ich habe nicht mal bemerkt, dass er sich genähert hat. Was soll ich ihm sagen? Dass ich verliebt bin und mir Sorgen um meine Freundin mache? Niemand in der Schule weiß bis jetzt, dass wir ein Paar sind (falls wir wirklich eins sind), und wenn es nach mir geht, dann bleibt das auch so. Auf das ganze Getratsche kann ich gut verzichten. Also zucke ich nur mit den Schultern.

„Siehst 'n bisschen blass aus“, meint Jan. „Solltest vielleicht noch 'n paar Tage zuhause bleiben.“

„Ich bin okay“, sage ich.

„Was wolltest du denn eigentlich von Rebecca?“

„Nicht so wichtig", ist alles, was mir dazu einfällt.

Jan zieht eine Augenbraue hoch. Bevor er jedoch nachhaken kann, wird er von einem Tumult abgelenkt, der ein paar Schritte entfernt entstanden ist.

„Vorzeigen, habe ich gesagt!" Das ist die Stimme des Winzlings. Wir nennen ihn so, weil er mit Nachnamen Winsmann heißt und nicht gerade die Statur eines Riesen hat, obwohl er mit seinen fünfzehn Jahren der Älteste in der Klasse ist. Allerdings traut sich niemand, den Spitznamen in seiner Gegenwart zu erwähnen, denn was ihm an Körpergröße fehlt, macht er durch Gemeinheit wieder wett. Außerdem sind da die beiden Typen, die ihm überall hin folgen wie treue Hunde. Der eine wird nicht umsonst „Schrank" genannt. Der andere macht immer mit, wenn der Winzling wieder mal einen Schüler aus einer der unteren Klassen drangsaliert, aber auf sich allein gestellt ist er ein totales Weichei.

Den Namen des Opfers, das sie sich heute ausgesucht haben, kenne ich nicht. Es ist ein Junge von zwölf oder dreizehn Jahren mit olivfarbener Haut und krausen schwarzen Haaren.

„Das geht dich gar nichts an!"

„Auch noch frech werden, was, Bürschchen? Was mich was angeht, bestimme immer noch ich!", entscheidet der Winzling. „Los, zeig es jetzt her!"

„Nein!"

„Also gut, wenn du es nicht freiwillig hergibst, muss ich es mir eben holen. Schrank, halt ihn mal fest!"

Der Junge versucht, zu fliehen, doch Schrank ist nicht nur enorm groß und kräftig, sondern auch reaktionsschnell. Das Opfer wehrt sich, hat jedoch keine Chance.

Der Winzling greift nach einem silbernen Amulett, das

um den Hals des verzweifelt zappelnden Jungen hängt. Ich sehe mich um. Kein Lehrer weit und breit. Ein paar ältere Schüler schauen neugierig zu, ohne einzugreifen.

Jan scheint meine Gedanken zu erraten. „Halt dich lieber da raus“, raunt er mir zu. „Du weißt doch, was passiert, wenn man sich mit denen anlegt!“

Der Winzling zerrt an dem Amulett. Der Junge zappelt und tritt um sich, kann jedoch den Körperkräften von Schrank nichts entgegensetzen. „Nein! Nicht! Das gehört mir!“

„Was haben wir denn da?“, fragt der Winzling ungerührt und klappt das kleine, ovale Silberamulett auf. „Ach wie süß! Ist das etwa deine Freundin?“ Er kichert hämisch.

Der Junge ist außer sich vor Wut. Seine Augen werden ganz groß, so als wollten sie aus ihren Höhlen springen. „Das ... das ist meine Mutter!“, ruft er. „Sie ist gestorben, als ich drei war! Lass das sofort los, du ... du stinkende Ratte!“

Der Winzling erstarrt. „Das wirst du bereuen!“, zischt er. „Niemand nennt mich ungestraft eine Ratte! Ich werde dich ...“

Plötzlich wird es totenstill auf dem Schulhof. Ich spüre einen seltsamen Druck auf den Ohren. Ein Schwindelgefühl packt mich, und mir wird für eine Sekunde schwarz vor Augen.

Als ich wieder sehen kann, hat sich die Welt verändert. Die Schule ist immer noch da - ein großer, grauer Betonklotz, der jedoch irgendwie gröber und gleichzeitig glatter und regelmäßiger aussieht als sonst. Auch die große Kastanie neben dem Eingang ist immer noch da, doch ihr Stamm ist jetzt rechteckig und ihre Laubkrone besteht aus grün gesprenkelten Würfeln. Der Schulhof ist voll von

Kastenmännchen, die grellbunt angezogen sind. Ich selbst trage eine hellblau schimmernde Rüstung und ein Schwert aus demselben Material.

Oh nein, bitte nicht!

Fassungslos starre ich auf den Kastenmann in hellblauem Hemd und dunkelblauer Hose, der gerade von drei Gestalten mit zerfetzter Kleidung und grünlicher Haut bedrängt wird. Die Zombies attackieren den armen Kerl mit ihren ausgestreckten Armen, während sie wütende Unnghs ausstoßen.

Verzweifelt schüttele ich den Kopf und versuche, die Illusion abzuschütteln, doch der Schulhof bleibt verwandelt. Ich weiß nicht, warum und wie, aber ich bin wieder in der Würfelwelt! Hatte Mam recht, und ich hätte noch zuhause bleiben sollen? Bin ich auf dem Schulhof bewusstlos geworden und erneut ins Koma gefallen?

Ohnmächtige Wut steigt in mir auf. Das kann nicht sein! Das darf nicht sein! Nicht gerade heute, wo ich endlich Amelie wiedersehen wollte!

Immer noch prügeln die Zombie-Halluzinationen auf den armen Kastenmann ein. Mein Zorn überträgt sich auf die Monster. Von Zombies habe ich wirklich die Nase voll! Ich verpasse ihnen ein paar Hiebe mit dem Diamantschwert, bis von zwei Angreifern nur noch verfaulte Fleischfetzen übrig sind, während der dritte die Flucht ergriffen hat.

„Marko! Mein Gott, was ist denn mit dir los?"

Übelkeit steigt in mir auf, und erneut wird mir schwarz vor Augen. Als mein Sehvermögen zurückkehrt, sieht der Schulhof wieder so aus wie zuvor. Beinahe jedenfalls.

Der Winzling liegt auf dem Boden und starrt mich mit großen Augen an, als habe er Angst vor mir. Blut quillt aus seiner Nase. Schrank steht gekrümmt da und hält sich den

Bauch vor Schmerzen. Das Weichei sehe ich am Rand des Schulhofs aufgeregt mit einem Lehrer reden. Die beiden kommen auf uns zu.

Der Junge mit dem Amulett sieht mich mit einer Mischung aus Dankbarkeit und Schrecken an. „Danke“, sagt er. „Aber du hättest nicht gleich so ausrasten müssen!“

Ich drehe mich zu Jan um, der mich erschrocken ansieht. „Das ... das war echt nicht gut, Mann“, sagt er. „Das war gar nicht gut!“

2.

Zehn Minuten später befinde ich mich vor dem Schreibtisch des Schuldirektors. Neben mir stehen der Winzling, seine beiden Freunde und der Junge mit dem Amulett, der, wie ich inzwischen weiß, Kasim heißt. Der Lehrer, der Pausenaufsicht hatte und uns hierher gebracht hat, steht neben der Bürotür, als wolle er verhindern, dass einer von uns abhaut.

Der Direktor sieht mich durch seine dicke, schwarze Brille an. „Marko, nicht wahr?“

„Ja, Herr Direktor.“

„Bist du dir bewusst, Marko, dass du eine schwerwiegende Verfehlung begangen hast, die mit Schulverweis geahndet werden kann?“

Ich weiß nicht, was ich darauf antworten soll. Ich weiß überhaupt nichts mehr. Meine Konzentration und Selbstbeherrschung reichen gerade aus, um die Tränen zurückzuhalten.

„Gewalt gegen einen anderen Schüler, egal aus welchem Grund, können wir hier auf keinen Fall dulden!“, sagt der Direktor mit einer Stimme, als verkünde er das Urteil gegen einen Mörder.

„Das stimmt, Herr Direktor“, meldet sich der Winzling. „Er ist einfach so auf mich losgegangen und hat mir brutal ins Gesicht geschlagen!“ Er hält demonstrativ ein blutiges Taschentuch hoch. „Er hätte mir die Nase brechen können!“

Schrank sagt nichts. Er sieht aus, als sei es ihm peinlich, dass ihn ein so schmächtiger Junge wie ich im Kampf außer Gefecht gesetzt hat.

„Was hast du dir denn bloß dabei gedacht?“, fragt der

Direktor. „Du bist doch sonst noch nie durch Gewalttätigkeit aufgefallen."

Was soll ich darauf antworten? Dass ich Schrank für einen Zombie gehalten habe? Dass ich dachte, ich sei wieder ins Koma gefallen? Dann stecken sie mich bestimmt sofort ins Krankenhaus.

„Er wollte mir bloß helfen", meldet sich Kasim zu Wort. „Die drei haben mich bedrängt und wollten mir mein Amulett wegnehmen. Es ist ein Andenken an meine leibliche Mutter."

„Gar nicht wahr!", protestiert der Winzling. „Ich wollte es nur mal ansehen. Ehrenwort, Herr Direktor!"

„Das stimmt", bestätigt das Weichei wie ein Papagei. „Er wollte es nur mal ansehen. Wirklich, Herr Direktor!"

„Ganz egal, warum du das getan hast, Marko - wir können so etwas hier nicht dulden. Du bist 14 Jahre alt und damit vor dem Gesetz für deine Handlungen selbst verantwortlich. Körperverletzung ist, wie du sicher weißt, eine Straftat. Ich werde mit Frau Winsmann reden und hoffe, dass sie dich nicht anzeigt. Und mit deiner Mutter werde ich natürlich auch sprechen. Ich möchte, dass du jetzt erst Mal nach Hause gehst. Inzwischen überlege ich mir, welche Disziplinarmaßnahmen wir gegen dich verhängen werden."

Ich nicke und kehre wie betäubt in meine Klasse zurück. Vor den staunenden Augen der anderen Schüler und der Deutschlehrerin packe ich meine Schultasche und gehe ohne ein Wort.

Mir ist gleichgültig, dass ich gleich am ersten Tag nach meinem Koma von der Schule verwiesen werde. Ich fürchte mich nicht vor Strafe. Was mir dagegen große Angst macht, ist das, was da gerade auf dem Schulhof passiert ist.

Wenn ich bloß mit Amelie sprechen könnte! Doch immer noch geht sie nicht an ihr Handy und antwortet nicht auf meine Kurznachrichten.

Meine Mutter weiß bereits, was los ist, als ich nach Hause komme. Sie macht mir keine Vorwürfe. Stattdessen nimmt sie mich in den Arm. „Ich habe ja geahnt, dass es zu früh war, dich wieder zur Schule zu schicken", sagt sie. „Jetzt erzähl mal, was ist eigentlich passiert?"

Ich habe wirklich keine Ahnung, würde ich am liebsten antworten. Stattdessen erzähle ich ihr, wie der Winzling und seine Kumpanen Kasim bedrängt haben. „Dann habe ich mich eingemischt, es gab eine Rangelei, und da bin ich plötzlich irgendwie ausgerastet", beende ich die Schilderung. „Ich weiß auch nicht genau. Auf einmal war ich so unendlich wütend. Ich kann mich gar nicht erinnern, was ich genau getan habe, bis der Kampf vorbei war."

Sie sieht mich sorgenvoll an. „Der Direktor hat gesagt, du hast einen der Schüler blutig geschlagen. Du sollst äußerst brutal gewesen sein." Sie schüttelt den Kopf. Ihre Augen glänzen, als sie sagt: „Ich verstehe das nicht. Du bist doch sonst nicht gewalttätig. Ich hätte nicht mal gedacht, dass du besonders gut kämpfen kannst. Und gleich gegen drei andere Schüler!"

Ich senke den Blick. Ich kann mich nur daran erinnern, dass ich eine Rüstung und ein Schwert aus Diamant hatte – mit dieser Ausrüstung sind drei Zombies kein großes Problem.

Sie wischt sich eine Träne aus dem Augenwinkel und lächelt schief. „Aber irgendwie bin ich auch stolz auf dich! Du hast dich für einen schwächeren Schüler eingesetzt. Sei nur nächstes Mal etwas vorsichtiger, okay? Du musst sie ja nicht gleich blutig prügeln!"

„Ja, Mam." Ich gehe auf mein Zimmer und lege mich auf mein Bett. Eine Weile starre ich auf das Poster meiner Lieblings-Rockband an der Wand, dann auf das Bild eines Creepers daneben. Trotz seiner herabgezogenen Pixel-Mundwinkel wirkt es, als sehe er mich mitleidig an.

Was ist bloß mit mir los? Die Frage tobt in meinem Kopf herum wie ein Schwarm wütender Hornissen. Doch eine Antwort finde ich nicht.

Am Nachmittag ruft der Direktor noch einmal an und teilt Mam mit, dass er mit der Mutter des Winzlings gesprochen habe, die auf eine Anzeige verzichte. Man erteile mir einen offiziellen Tadel, sehe aber angesichts der besonderen Umstände (damit meint er wohl mein Koma) von weiteren Disziplinarmaßnahmen ab. Ich könne daher am nächsten Tag wieder zum Unterricht kommen, wenn sie es für richtig halte.

Mam hält das natürlich nicht für richtig, aber ich beknie sie, bis sie schließlich nachgibt. Ich weiß selbst nicht genau, warum ich unbedingt wieder in die Schule will. Vielleicht, weil ich immer noch die schwache Hoffnung habe, Amelie dort wiederzusehen, obwohl sie auf all meine Kommunikationsversuche nicht reagiert. Möglicherweise auch, weil ich mir selbst beweisen will, dass die Sache heute Morgen ein einmaliger Ausrutscher war, eine seltsame Fehlfunktion des Gehirns als Nachwirkung meines Komas. So was kann ja mal vorkommen. Aber es wird ein Einzelfall bleiben. Schließlich bin ich nicht verrückt. Oder?

Etwas ist anders, als ich am nächsten Tag in die Schule komme. Ich kann es nicht genau erklären, aber ich habe das Gefühl, die anderen werfen sich Blicke zu, wenn ich nicht hinsehe. Wahrscheinlich halten sie mich für ein Monster, einen brutalen Schläger, mit dem keiner was zu tun haben will. Das denke ich jedenfalls, bis in der ersten Pause Anne auf mich zukommt, begleitet von zwei Freundinnen, die sich dauernd ansehen und kichern.

„Marko, du bist doch gut in Mathe, oder?“, fragt sie.

Verdutzt blicke ich sie an. Anne ist nach übereinstimmender Ansicht aller Jungs das schönste Mädchen der Klasse. Sie hat lange, goldene Haare und Augen, die so blau und klar sind wie der Sommerhimmel. Ich lege Wert auf die Feststellung, dass diese Beschreibung nicht von mir stammt, sondern von Jan, der ganz schön in sie verschossen ist. Bisher hat Anne allerdings nichts getan, das darauf schließen ließe, dass sie überhaupt von Jans Existenz weiß, geschweige denn von meiner.

„Mathe? Ja, geht so, wieso?“

„Kannst du mir vielleicht mit den Hausaufgaben helfen? Ich hab's gestern nicht mehr ganz geschafft. Und du weißt ja, wie Braukmann ist.“ Ein leichtes Lächeln umspielt ihre geschminkten Lippen. Ihre beiden Freundinnen kichern.

„Ich fürchte, ich habe die Hausaufgaben auch nicht. Ich war ... krank.“

„Ja, ich weiß. Aber kannst du nicht mal kurz draufgucken?“ Sie stellt sich neben mich und hält mir ihr Heft hin, so dass wir beide hineinsehen können. Ein Duft wie von Heu und frischen Blumen geht von ihr aus. Dort, wo die Hausaufgaben für heute stehen sollten, ist nur das gestrige Datum eingetragen.

„Du hast ja noch gar nichts gemacht!“, stelle ich fest.

Das findet sie offensichtlich lustig, denn sie kichert. „Au Backe, du hast recht! Verdammt, was mach ich denn jetzt bloß? Wir haben doch schon in der übernächsten Stunde Mathe!“

Erwartet sie ernsthaft, dass ich ihre Hausaufgaben

mache? Während der Kunststunde? Ich sehe sie fragend an, doch sie zeigt mir nur ihr aufreizend-unschuldiges Lächeln.

„Du ... du weißt nicht zufällig, was mit Amelie ist, oder?“, frage ich.

Es ist, als zögen dunkle Gewitterwolken vor den blauen Himmel in ihren Augen. „Amelie? Welche Amelie?“, fragt sie in einem Tonfall, als hätte ich ihr eine äußerst unanständige Frage gestellt.

„Amelie aus der Parallelklasse. Sie hat dunkle lockige Haare. Sie war zwei Wochen nicht in der Schule, sollte aber eigentlich seit gestern wieder da sein.“

Annes Freundinnen finden das aus irgendeinem Grund sehr lustig. Anne dagegen offensichtlich nicht. „Kenn ich nicht“, sagt sie, klappt das Matheheft zu und verschwindet, ihre kichernden Begleiterinnen im Schlepptau. Als sie ein paar Schritte gegangen sind, blafft sie ihre Freundinnen an, die daraufhin aufhören, zu kichern.

Kurz darauf kommt Jan zu mir. „Hi Marko. Was wollte denn Anne von dir?“ Er versucht, gleichgültig zu wirken, was ihm gründlich misslingt.

„Sie wollte, dass ich ihr die Mathe-Hausaufgaben mache. Weiß auch nicht, wieso sie damit ausgerechnet zu mir kommt.“

Er wirft einen sehnsüchtigen Blick zu Anne, die am anderen Ende des Schulhofs steht und uns den Rücken zu gedreht hat. „Na, ist doch klar“, sagt er, und seine Stimme klingt traurig. „Seit gestern bist du doch der Held!“

„Der Held? Ich? Wieso denn das?“

„Na, weil du dem Winzling eine verpasst hast. Den mag doch keiner. Selbst Schrank will auf einmal nichts mehr mit ihm zu tun haben. Der kann einem fast leidtun.“ Er grinst.

„Gestern hast du gesagt, dass das gar nicht gut war.“

„Klar, im ersten Moment bin ich ein bisschen erschrocken. So kannte ich dich gar nicht. Aber im Nachhinein ... Er hat es auf jeden Fall verdient. Und jetzt bist du eben der tolle Hecht der Klasse!"

Ich verziehe den Mund. Auf diese zweifelhafte Ehre würde ich gern verzichten. „Vielleicht solltest du Anne mal fragen, ob du ihr bei den Mathe-Hausaufgaben helfen kannst."

Eigentlich habe ich es sarkastisch gemeint, aber Jans Gesicht hellt sich auf. „Meinst du? Ja, vielleicht hast du recht!" Ehe ich ihn zurückhalten kann, ist er schon unterwegs zum anderen Ende des Schulhofs.

Als ich ihm nachsehe, stellen sich plötzlich meine Nackenhaare auf. Am Zaun, der den Schulhof umgibt, steht ein dunkel gekleideter Mann, der in meine Richtung zu starren scheint. Er trägt einen Hut, der sein Gesicht in tiefe Schatten taucht. Ich glaube, darunter zwei violett leuchtende Punkte wahrzunehmen. Doch ehe ich mir sicher sein kann, wendet er sich ab und verschwindet hinter einer Mauer.

Ich fühle mich, als hätte mir jemand in den Magen geschlagen.

Die Pausenglocke erlöst mich aus meiner Starre. Wir haben Kunst bei Frau Dr. Hennigmeier, einer zierlichen Frau Anfang fünfzig mit kurzen grauen Haaren. Sie erklärt uns anhand einer Gliederpuppe, wie der Körper Gefühle ausdrücken kann. Dann verteilt sie Zeichenblocks und Farbkästen. Wir sollen einen traurigen Mann malen, jedoch ohne sein Gesicht auszuarbeiten.

„Der sieht aber nicht traurig aus", sagt sie etwas später zu mir. „Eher ... böse."

Ich schrecke hoch. Die anderen Schüler sind schon

dabei, die Pinsel zu reinigen und die Malkästen und Blöcke in das Regal zurück zu räumen. Ich habe gar nicht gemerkt, dass die Kunststunde schon vorbei ist.

Die Figur, die mir von meinem Zeichenblock entgegenstarrt, hat einen schwarzen, rechteckigen und sehr schlanken Körper mit unnatürlich langen Armen und Beinen. Ihre Augen sind zwei lilafarbene Schlitze. Darum herum habe ich konzentrische Kreise in derselben Farbe gemalt, so dass es aussieht, als gingen hypnotische Strahlen von der Gestalt aus.

„Wow, ein Enderman!“, sagt Jan, der sich zu uns gesellt hat. „Der sieht aber unheimlich aus!“

Frau Dr. Hennigmeier sieht mich mit einem seltsamen Blick an. „Was ist das?“, fragt sie.

Ich kann nicht antworten. Kalter Schweiß bricht mir aus allen Poren. Das Bild macht mir Angst. Ich will es zerreißen, doch ich bin wie gelähmt.

„Das ist eine Figur aus Minecraft, einem Computerspiel, das wir beide gerne spielen“, erklärt Jan.

„Geht es dir nicht gut?“, fragt die Lehrerin.

Ich schlucke den Kloß in meinem Hals herunter. „Nein, nein, ich bin okay“, bringe ich heraus.

„Du siehst nicht gut aus“, stellt sie fest. „Ich frage mich, ob du nicht lieber noch ein paar Tage zuhause bleiben solltest.“

Ich schüttele energisch den Kopf. „Nein! Ich sagte doch schon, es geht mir gut!“

Sie hebt beruhigend eine Hand. „Schon gut, Marko! Ich weiß, du hattest eine schwere Zeit. Wenn dir der Schulalltag hilft, zur Normalität zurückzufinden, dann ist das sicher gut.“

Sie löst das Bild des Endermans vorsichtig von dem

Zeichenblock und hält es hoch. „Das ist außergewöhnlich. Es entspricht nicht der Aufgabe, die ich euch gestellt habe, aber es ist sehr ausdrucksstark. Hast du etwas dagegen, wenn ich es da drüben aufhänge?" Sie deutet auf eine Wand, an der die besten Bilder ihrer Schüler angepinnt sind. Ich habe kein besonderes Zeichentalent, deshalb hat es noch nie eines meiner Werke dorthin geschafft.

Ich schüttele mit dem Kopf, obwohl ich ihr am liebsten sagen würde, dass sie das Bild verbrennen soll. Auf keinen Fall will ich, dass es mich anstarrt, wenn ich das nächste Mal diesen Raum betrete.

Frau Dr. Hennigmeier mustert mich aufmerksam. Sie legt das Bild beiseite. Als ich mit den anderen Schülern den Raum verlassen will, hält sie mich am Arm zurück. „Einen Moment noch, Marko. Ich würde gern noch etwas mit dir besprechen."

Als nur noch wir beide im Raum sind, sagt sie: „Diese Figur, die du gemalt hast ... sie bedeutet etwas, oder?"

Ich schüttele den Kopf. Ich will nicht darüber sprechen. Nicht über das, was Amelies Vater ihr und mir angetan hat. Und erst recht nicht darüber, was ich während meines Komas erlebt habe. „Es ist bloß ein Monster aus einem Spiel", erwidere ich. „Ich hatte einfach Lust, es zu malen. Tut mir leid, wenn das nicht Ihrer Aufgabe entsprach."

„Marko, wenn es etwas gibt, über das du sprechen möchtest, dann möchte ich dir sagen, dass ich dafür immer zur Verfügung stehe. Die Kunst kann uns manchmal helfen, Dinge auszudrücken, für die uns die Worte fehlen. Vielleicht kann ich dir ja helfen, herauszufinden, warum dich diese Entenmann-Figur so belastet."

„Enderman. Er bedeutet nichts. Absolut gar nichts! Kann ich jetzt gehen? Ich muss zum Matheunterricht. Herr

Braukmann hat es nicht gern, wenn wir uns verspäten."

Sie nickt. „Du weißt, du kannst jederzeit zu mir kommen", sagt sie noch einmal.

Ich wende mich wortlos ab und versuche zu verbergen, dass meine Hände und Knie zittern.

3.

Irgendetwas stimmt nicht, aber ich weiß nicht, was.

Amelie ist nicht zur Schule erschienen und beantwortet meine Nachrichten nicht mehr. Ich habe ein paar Jungs verprügelt, die deutlich stärker sind als ich, weil ich dachte, sie seien Zombies. In der Pause habe ich geglaubt, einen dunklen Mann mit violett leuchtenden Augen am Zaun des Schulgeländes gesehen zu haben. Im Kunstunterricht habe ich dann einen Enderman gemalt, ohne überhaupt zu merken, was ich da tue. Was ist bloß mit mir los?

„Was ist bloß mit dir los, Marko?“, fragt Mam, als ich nach der Schule nur ein kurzes Hallo murmele, meine Schultasche in die Ecke fallen lasse und in mein Zimmer gehen will. „Du wirkst, als ob dich etwas belastet. Hast du noch mal Ärger bekommen wegen der Prügelei gestern?“

„Nein“, sage ich wahrheitsgemäß. Mehr bringe ich nicht heraus - ich war noch nie ein guter Lügner.

„Nimm bitte deine Pillen. Und dann räum dein Zimmer auf.“

Immerhin etwas, das wie immer ist. „Muss das jetzt sein?“

„Ja. Du bekommst nachher noch Besuch.“

„Was denn für Besuch?“

„Dr. Johannsen, der Psychiater, der dich im Krankenhaus untersucht hat. Er möchte sich nur kurz mit dir unterhalten und sicherstellen, dass es dir gut geht.“

„Es geht mir gut!“

Sie sieht mich skeptisch an, doch dann zuckt sie nur mit den Schultern.

Der Psychiater. Das hat mir gerade noch gefehlt! Kurz,

nachdem ich aufgewacht bin, hat er sich mit mir unterhalten. Er hat mich gefragt, ob ich während des Komas etwas geträumt habe, doch ich habe ihm nichts von meinem Minecraft-Abenteuer erzählt. Ich wollte nicht, dass er mich länger da behält als nötig. Am Ende hat er mir diese Psychopillen verschrieben, die ich seitdem dreimal täglich schlucke.

Wenn er mitkriegt, was in meinem Kopf los ist, nimmt er mich vermutlich gleich mit. Andererseits brauche ich möglicherweise wirklich Hilfe. Irgendetwas scheint mit mir nicht ganz richtig zu sein.

Damit wäre natürlich das Problem mit Amelie noch nicht gelöst. Ich wähle zum hundertsten Mal ihre Nummer und erreiche wieder bloß die Mailbox, die inzwischen von meinen Nachrichten überquillt. Der Text, den ich ihr schicke, ist kurz: *Geht es dir gut? Brauche dringend Antwort! Marko*

Wenn ich wenigstens wüsste, wie der Geburtsname ihrer Mutter ist. Dann könnte ich die Nummer ihrer Großeltern herausfinden. Aber ich kenne niemanden, den ich danach fragen könnte – außer Amelies Stiefvater natürlich, aber der ist der letzte Mensch, mit dem ich jemals wieder sprechen möchte.

Während ich immer noch grübele, was ich tun kann, um herauszufinden, wie es Amelie geht, klingelt es an der Haustür. Mam führt Dr. Johannsen in mein Zimmer. Er ist groß und sehr schlank mit einem dünnen, weißen Haarkranz um eine spiegelnde Glatze. Seine Nase ist schmal und hakenförmig gebogen, so dass sein Gesicht etwas von einem Geier hat. Er reicht mir eine Hand, die nur aus faltiger Haut und Knochen zu bestehen scheint.

„Hallo, Marko", sagt er mit dünner Stimme. „Wie geht es dir?"

„Gut", lüge ich und ergreife die Hand. Sein Händedruck ist kraftlos. Ich lasse so schnell los, wie ich kann, ohne unhöflich zu wirken.

Mam lässt mich mit ihm allein. Der Psychiater dreht seinen Raubvogelkopf langsam von links nach rechts, als erfasse er mein Zimmer mit einem 3D-Scanner. „Schön hast du es hier."

„Ja", antworte ich.

Er setzt sich auf meinen Schreibtischstuhl, während ich auf dem Bett Platz nehme. Dann stellt er mir Fragen zu meinen Eltern, zu meinen frühesten Kindheitserinnerungen, meinem Lieblingsspielzeug, welche Musik ich höre, ob ich gern Sport treibe. Jedes Mal, wenn ich eine seiner Fragen beantworte, sagt er „Ach so" oder „Aha", als habe er gerade eine sensationelle Erkenntnis gewonnen.

Allmählich entspanne ich mich. Ich habe keinen Schimmer, warum er mir all diese Fragen stellt, aber er scheint sich nicht dafür zu interessieren, was momentan in meinem Kopf vorgeht, und darüber bin ich froh.

Kaum habe ich das gedacht, fragt er wie aus heiterem Himmel: „Was war dein erster Gedanke, als du aus dem Koma erwacht bist?"

„Ich weiß es nicht mehr genau", antworte ich wahrheitsgemäß.

„Aha. Kannst du dich an irgendetwas erinnern, das während deines Komas geschah?"

„Ja, das habe ich Ihnen doch schon erzählt. Ich habe einiges von dem mitbekommen, was um mich herum passiert ist. Ich konnte mich zwar nicht bewegen, aber ich war zumindest hin und wieder wach."

„Aha. Du hast gesagt, Dr. Schiller sei zweimal in deinem Zimmer gewesen, richtig?“

Dr. Schiller ist Amelies Stiefvater. Der Mistkerl, der sie jahrelang misshandelt und ihre Mutter mit Tabletten gefügig gemacht hat. Der mich umbringen wollte. Der Enderman. Es widerstrebt mir, dass der Psychiater ihn beim Namen nennt, als sei er ein ganz normaler Mensch.

„Er war dreimal da. Einmal zusammen mit meinen Eltern, zweimal allein. Beim letzten Mal hat er mir eine Spritze gegeben.“ Ich zeige auf die Stelle an meinem linken Arm.

„Ach so. Und du bist dir ganz sicher, dass es Dr. Schiller war, der dir eine Spritze gegeben hat, und nicht zum Beispiel eine Krankenschwester?“

Ich sehe ihn entgeistert an. „Natürlich bin ich mir sicher! Er ... er hat versucht, mich zu töten!“

Dr. Johannsen mustert mich einen Moment lang schweigend. „Aha. Und warum, glaubst du, wollte er dich töten?“

Ich kann es nicht fassen. Hat der Typ denn das Vernehmungsprotokoll der Polizei nicht gelesen? „Weil ich ihn wegen Amelie zur Rede gestellt habe. Sie hat mir erzählt, was er ihr und ihrer Mutter angetan hat. Da hat er versucht, mich zum Schweigen zu bringen.“

Der Psychiater nickt. „Ich nehme an, das wäre eine mögliche Erklärung.“

„Eine *mögliche* Erklärung?“, frage ich und muss mich zusammennehmen, um die Wut aus meiner Stimme herauszuhalten. „Welche Erklärung gibt es denn noch?“

Er geht nicht darauf ein, sondern fragt mich stattdessen: „Wenn du den ganzen Tag wach warst, dich aber nicht bewegen konntest, muss das ziemlich langweilig gewesen sein. Was hast du denn währenddessen so gedacht?“

Ich zucke mit den Schultern. „Ich hab an dies und jenes gedacht – an die Schule, an meine Eltern, an Amelie.“

„Ach so. Und hattest du keine Angst?“

„Doch, natürlich!“

„Aha. Und wovor hast du dich gefürchtet?“

Ich improvisiere. „Davor, für immer in einem bewegungslosen Körper gefangen zu sein. Ich hatte Angst, dass ich nie wieder aus diesem Gefängnis würde ausbrechen können.“

„Ach so. Aber sagtest du nicht gerade, es sei langweilig gewesen?“

Ich muss einen Moment nachdenken. „Das haben Sie gesagt!“

Sein Blick wird durchdringend wie der eines Kommissars, der einen Verbrecher verhört. „Aha. Aber du hast mir nicht widersprochen. Als ich fragte, woran du gedacht hast, hast du von der Schule, von deinen Eltern und von deiner Freundin gesprochen. Du hast kein Wort darüber gesagt, dass du Angst hattest. Erst, als ich nach deiner Angst gefragt habe, hast du sie erwähnt.“

„Ich hatte eben manchmal Angst und manchmal nicht“, sage ich lahm.

„Ach so.“ Er nickt. „Ach so, aha. Aber ehrlich gesagt glaube ich das nicht. Ehrlich gesagt, Marko, glaube ich, du sagst mir nicht die Wahrheit.“

Ich starre ihn sprachlos an. Tränen drängen in meine Augen.

„Du warst nicht wirklich wach während deines Komas, oder?“

Ich weiche dem Raubvogelblick aus. „Nicht die ganze

Zeit, das habe ich doch schon gesagt."

„Aha. Und hast du während deines Komas geträumt?"

Ich schlucke. „Ich ... ich weiß es nicht."

„Ach so. Und da bist du dir ganz sicher?"

Wieder muss ich seinem Blick ausweichen. „Ich kann mich nicht erinnern."

„Aha. Ach so. Es könnte also immerhin auch ein Traum gewesen sein, dass Dr. Schiller an deinem Bett war und dir eine Spritze gegeben hat, nicht wahr?"

Ich starre ihn an. Meine Unterlippe bebt. „Was wollen Sie eigentlich von mir?", frage ich leise.

Ein dünnes Lächeln erscheint unter der Hakennase. Es erreicht seine Augen nicht. „Die Wahrheit, Marko. Ich will nur die Wahrheit wissen. Immerhin geht es hier darum, dass jemand aufgrund deiner Aussage wegen versuchten Mordes verurteilt werden soll. Jemand, der möglicherweise unschuldig ist."

Ich springe von meinem Bett auf. „Unschuldig?", rufe ich. „Dieser Mistkerl hat sich an seiner Stieftochter vergangen, mich betäubt und dann versucht, mich zu töten. Und Sie behaupten, er sei unschuldig?"

Der Psychiater breitet die Arme aus. „Du musst dich nicht so aufregen, Marko. Ich behaupte gar nichts. Ich will nur die Wahrheit herausfinden."

„Was ich gesagt habe, ist die Wahrheit, Sie ... Sie Wortverdreher!"

Für einen Augenblick verfinstert sich seine Miene. Ist da ein violettes Glimmen tief in seinen Augen? Nein, das bilde ich mir bloß ein. Ehe er etwas erwidern kann, kommt Mam ins Zimmer.

„Entschuldigung, ich wollte nur fragen, ob Sie vielleicht einen Kaffee ... Marko! Was ist denn los?"

„Er ... er glaubt mir nicht!", sage ich mit zitternder Stimme. „Er behauptet, ich lüge. Er denkt, Amelies Stiefvater sei unschuldig und ich hätte mir das alles nur eingebildet!"

Mam reißt für einen Moment die Augen auf, dann werden sie zu schmalen Schlitzen. Das passiert nur, wenn sie richtig wütend wird. „Ist das wahr?"

„Kann ich Sie für einen Moment unter vier Augen sprechen?", fragt der Psychiater ruhig.

Mam blickt verwirrt zwischen ihm und mir hin und her. „Ja, okay."

„Auf Wiedersehen, Marko", sagt Dr. Johannsen und streckt mir seine Hand zum Abschied entgegen. Ich ergreife sie nicht.

Als Mam eine halbe Stunde später in mein Zimmer kommt, sitze ich immer noch wie betäubt auf dem Bett.

Sie setzt sich neben mich und legt einen Arm um meine Schulter. „Wie geht es dir?"

Ich kann die Tränen kaum zurückhalten. „Die werden diesen Mistkerl freilassen, oder? Er wird sich an Amelie rächen. Und vielleicht auch an mir."

Mam seufzt. „Ich weiß es nicht. Dr. Johannsen sagt, dass während eines Komas Realität und Traum manchmal miteinander verschmelzen können. Dass du vielleicht selbst nicht genau weißt, was tatsächlich passiert ist."

„Und du glaubst ihm das?"

Sie schüttelt den Kopf. „Ich weiß nicht, was ich glauben soll."

Ich springe auf. „Merkst du nicht, was hier läuft? Begreifst du nicht, dass Amelies Stiefvater diesen Dr. Johannsen geschickt hat, um meine Aussage unglaubwürdig zu machen?"

Sie sieht mich an, und zu meinem Entsetzen erkenne ich, dass auch ihre Augen mit Tränen gefüllt sind. „Wie kannst du so etwas denken, Marko! Dr. Johannsen kümmert sich auch um andere Patienten, die Gehirnschädigungen erlitten haben."

„Das denkst du also? Dass ich einen Gehirnschaden habe?"

Einen Moment schweigt sie. Dann sagt sie ganz leise: „Deine Kunstlehrerin hat vorhin angerufen. Sie hat gesagt, du hast im Unterricht einen verstörten Eindruck gemacht. Und dass du ein sehr seltsames Bild gemalt hast. Marko, was ist los? Bitte sprich mit mir darüber!"

Meine Hände ballen sich zu Fäusten. „Lass mich in Ruhe!", rufe ich. „Lass mich einfach in Ruhe!"

Sie nickt und verlässt das Zimmer.

4.

„Es tut mir leid, Mam“, sage ich, als wir zu zweit an dem kleinen Esstisch in der Küche zu Abend essen. „Ich wollte dich nicht anbrüllen. Es ist nur ... Dr. Johannsen hat mich ziemlich aufgeregt.“

Sie lächelt und legt eine Hand auf meine. „Ist schon gut.“

Eine Weile essen wir schweigend. „Ich mache mir Sorgen“, sage ich schließlich.

Sie runzelt die Stirn. „Sorgen? Worüber denn?“

„Um Amelie. Seit Sonntagmittag habe ich nichts mehr von ihr gehört.“

Mam lächelt. „Ist sie nicht mit ihrer Mutter zu ihren Großeltern gefahren?“

„Ja. Aber sie wollte Sonntag zurückkommen und Montag wieder in der Schule sein. Doch sie war nicht da.“

„Bestimmt ist sie noch länger in den Bergen geblieben. Vielleicht haben sie einen gemeinsamen Ausflug unternommen oder so und sie hat keinen Handyempfang. Ich bin sicher, sie meldet sich bald.“

„Kannst du ... kannst du vielleicht mal bei der Polizei nachfragen, ob die etwas wissen? Du hast doch die Nummer dieses Kommissars, der mich im Krankenhaus vernommen hat, oder? Kannst du ihn nicht wenigstens fragen, ob Amelies Stiefvater noch in Haft ist?“

Sie sieht mich einen Moment schweigend an. Schließlich nickt sie. „Also gut. Aber ich bin sicher, es ist alles in Ordnung, Marko.“

Obwohl es bereits fast acht Uhr abends ist, erreicht sie den Kommissar tatsächlich unter der angegebenen Nummer. Er teilt ihr mit, dass Amelies Stiefvater immer noch in Haft sitzt. Der Untersuchungsrichter habe eine Freilassung gegen Kaution abgelehnt, weil Fluchtgefahr bestehe. Von Amelie und ihrer Mutter habe man nichts gehört, aber auch keine Hinweise darauf, dass etwas nicht in Ordnung sei. Man könne daher leider nichts unternehmen.

Trotzdem bin ich nicht beruhigt. Ich spüre, dass etwas nicht stimmt. Wenn ich nur irgendetwas tun könnte!

Ratlos gehe ich zu Bett. Ich bin erschöpft, doch es dauert lange, bis ich einschlafen kann.

Mitten in der Nacht schrecke ich hoch. Ein leises Zischen hat mich geweckt. Verwirrt taste ich nach dem Schalter meiner Nachttischlampe. Als ich sie einschalte, stoße ich einen Schreckensschrei aus. Neben meinem Bett steht eine grüne Gestalt mit einem länglichen, rechteckigen Körper, einem würfelförmigen Kopf und vier Stummelfüßen. Ihr Mund sieht aus wie ein dunkler Halbmond, dessen Spitzen herabgezogen sind. Obwohl das eindeutig nicht sein kann, wirkt der Creeper völlig real.

Das Zischen wird lauter. Er wird jeden Augenblick explodieren!

Alles, was mir einfällt, ist mich unter der Bettdecke zu verstecken.

Angespannt liege ich da. Doch die erwartete Explosion bleibt aus. Als ich die Decke schließlich wieder vom Kopf nehme, ist das Minecraft-Monster verschwunden. Ich stehe auf und durchsuche mein Zimmer, finde jedoch nichts Ungewöhnliches.

Mam öffnet die Tür zu meinem Zimmer. „Marko! Was ist denn los? Ich habe dich schreien gehört. Ist alles okay?“

„War bloß ein Alptraum.“

„Und wieso liegst du dann nicht im Bett?“

„Hab Durst." Um meine Ausrede glaubhaft wirken zu lassen, hole ich mir aus der Küche ein Glas Wasser.

Mam sieht mir mit sorgenvoller Miene zu. „Gute Nacht, Marko!"

„Gute Nacht, Mam."

Doch es ist keine gute Nacht, jedenfalls nicht für mich. Ich liege da und starre in die Dunkelheit, bis mich der Wecker von meinen düsteren Grübeleien erlöst.

Als ich beim Frühstück sitze, sagt Mam: „Du siehst nicht gut aus."

„Hab schlecht geschlafen."

„Du solltest heute nicht in die Schule gehen."

Diesmal widerspreche ich nicht. Ich bin so müde, dass ich kaum die Augen offenhalten kann. Und Amelie wird ohnehin nicht dort sein. Ich habe ihr heute Nacht zwei neue Kurznachrichten geschickt, aber wieder keine Antwort erhalten.

Mam ruft in der Schule an, um mich krankzumelden. Als sie die Schulsekretärin am Apparat hat, fragt sie, ob Amelies Mutter sie ebenfalls entschuldigt hat. Die Sekretärin teilt ihr jedoch nur mit, dass sie über andere Schüler keine Auskunft geben dürfe.

„Danke, Mam."

Sie lächelt. „Schon gut."

Nachdem ich mein Frühstück ohne großen Appetit beendet und meine Medikamente genommen habe, gehe ich in mein Zimmer und checke mein Handy. Keine Nachricht von Amelie. Ohne große Hoffnung wähle ich ihre Nummer. Umso überraschter bin ich, als nach drei Klingelsignalen plötzlich das Gespräch angenommen wird.

„Amelie? Hier ist Marko. Endlich erreiche ich dich! Wie geht es dir?"

Keine Antwort. Nur ein leises Zischen ist am anderen Ende zu hören.

„Amelie? Melde dich bitte! Bist du okay?“

Das Zischen wird lauter. Dann bricht plötzlich die Verbindung ab. Ich wähle erneut Amelies Nummer, doch diesmal nimmt niemand ab. Ich spreche ihr eine Antwort auf Band. Dann erzähle ich Mam, die gerade die Küche aufräumt, was passiert ist.

„Irgendetwas stimmt da nicht. Wir müssen die Polizei informieren!“

„Da war nur ein Zischen?“, erwidert Mam. „Dann hat sie wohl einfach keine gute Verbindung. Hast du nicht gesagt, sie ist in die Berge gefahren? Da hat man oft schlechten Handyempfang.“

„Aber so war es nicht“, widerspreche ich. „Es klang nicht, als wäre die Verbindung gestört. Da war nur dieses merkwürdige Geräusch, fast wie …“ Ich stocke, als mir klar wird, wonach es sich angehört hat.

„Fast wie was?“

„Schon gut. Ich glaube, du hast recht. Es war wahrscheinlich doch einfach bloß schlechter Empfang.“

Mam zieht eine Augenbraue hoch. Sie ist es nicht gewohnt, dass ich so schnell klein beigebe. Aber ich kann ihr ja schlecht erzählen, dass es sich angehört hat, als habe ein Creeper meinen Anruf auf Amelies Handy entgegengenommen.

Verwirrt kehre ich in mein Zimmer zurück. Bilde ich mir das alles nur ein? Aber ich habe doch das Zischen deutlich gehört! Ich habe …

Mein Blick fällt auf die Wand hinter meinem Schreibtisch. Dort hängt das grüne Poster mit dem Minecraft-Logo und der Aufschrift *Creepers gonna creep!*

Doch das Monster, das dort bisher zu sehen war, fehlt, als habe es sich einfach aus dem Poster davongeschlichen.

Ich bekomme eine Gänsehaut. Das kann doch nicht sein! Langsam nähere ich mich dem Bild, streiche mit den Fingern über das bedruckte, glatte Papier. Kein Zweifel: Der Creeper ist verschwunden!

Wie in Trance gehe ich in die Küche. „Mam? Kannst du bitte mal kommen?"

Sie sieht mich erschrocken an. „Was ist denn nun schon wieder?"

„Komm einfach bitte mit in mein Zimmer!"

Sie folgt mir. „Was willst du mir denn zeigen?"

Mit zitternder Hand zeige ich auf das Poster über dem Schreibtisch. Der Creeper darauf blickt mich traurig an.

„Das Poster ..."

„Du meinst dieses Gurkenmonster? Was ist denn damit?"

Ich schlucke den Kloß in meinem Hals herunter. „Gerade ... war es nicht da. Ich meine, das Poster war da, aber der Creeper darauf war verschwunden."

„Ich verstehe nicht ganz. Was meinst du mit ‚verschwunden'?"

Meine Augen füllen sich mit Tränen. „Ich glaube, etwas stimmt nicht mit mir."

Wir setzen uns auf mein Bett, und ich erzähle ihr alles: Wie ich mich in der Minecraft-Welt wiederfand, ohne Erinnerungen daran, wer ich war und wie ich dorthin gekommen war. Wie ich durch die Würfelwelt irrte, die mir so real vorkam. Wie ich vor Zombies und Creepern floh, bis ich mit Gronkhs Hilfe in den Raum der Rätsel gelangte und endlich begriff, was mit mir los war. Wie ich zwischendurch immer wieder kurz im Krankenhaus aufgewacht bin, ohne mich bewegen zu können, und wie ich dann doch jedes Mal wieder zurück in die Würfelwelt fiel.

Mam hört schweigend zu, den Arm um mich gelegt. Sie fragt nur manchmal nach, wenn sie etwas nicht versteht: „Was ist denn ein Ghast?", oder: „Zombie-Pigmen? Sehen die wirklich aus wie untote Schweine?"

Als ich schildere, wie ich schließlich mit Hilfe des Enderdragons einen Reflex in meinem Arm auslöste, dadurch ein Kabel aus einem Überwachungsapparat zog und die Ärzte auf mich aufmerksam machte, drückt sie mich ganz fest an sich. „Mein armer Junge!", sagt sie immer wieder. „Mein armer, armer Junge! Wie tapfer du gewesen bist!"

Schließlich löst sie sich von mir und sieht mich mit geröteten Augen an. „Aber das war noch nicht alles, was du mir erzählen wolltest, oder?"

Ich schüttele den Kopf und erzähle ihr, wie der Winzling und seine beiden Mitläufer plötzlich zu Zombies wurden, wie ich einen Enderman am Schulzaun gesehen habe, wie heute Nacht ein Creeper in meinem Zimmer stand und was das Zischen am Telefon bedeutete. „Und vorhin war der Creeper in dem Poster da drüben plötzlich nicht mehr da", ende ich.

Mam betrachtet lange das Bild über meinem Schreibtisch, als warte sie darauf, dass sich der Creeper noch einmal aus dem Staub machen könnte, doch natürlich geschieht nichts dergleichen. „Also hatte Dr. Johannsen recht", sagt sie mehr zu sich selbst.

„Glaubst du, ich ... ich bin verrückt?", frage ich.

Sie schüttelt energisch den Kopf. „Nein! Du hast bloß Halluzinationen. Das Koma hat dein Gehirn etwas in Mitleidenschaft gezogen. Dr. Johannsen hat angedeutet, dass so etwas passieren könnte. Er meinte, dass man das relativ gut behandeln kann, gerade bei Jugendlichen. Ich rufe ihn gleich mal an."

Ein Schreck durchfährt mich. Dieser Dr. Johannsen macht mir Angst. Doch ich unternehme keinen Versuch, Mam zurückzuhalten. Immerhin hat der Psychiater mich gleich durchschaut, also weiß er wahrscheinlich, was er tut. Ob er mir nun sympathisch ist oder nicht – wenn er mir helfen kann, diese Halluzinationen loszuwerden, dann bin ich bereit, alles zu tun, was er sagt.

Am Nachmittag fährt Mam mit mir in Dr. Johannsens Praxis. Sie befindet sich in einer großen Jugendstilvilla auf einem parkähnlichen Gelände. Neben dem Eingang hängt ein Messingschild mit dem Aufdruck *Edgar-Johannsen-Privatklinik für Neuropsychiatrie*. Ein Schauer läuft mir über den Rücken, als wir den geräumigen Empfangsbereich betreten und von einer hübschen Empfangsdame in ein Wartezimmer geleitet werden. Aber ich werde jetzt nicht kneifen!

Dr. Johannsen lächelt, als er mich kurz darauf empfängt, doch seine Augen wirken immer noch raubvogelhaft. „Es ist schön, dass du dich entschlossen hast, herzukommen." Er streckt mir seine schlaffe Hand entgegen.

„Ich warte dann draußen", sagt Mam. Ich möchte sie am liebsten bitten, bei mir zu bleiben, doch das wäre albern – schließlich bin ich kein kleines Kind mehr.

Der Psychiater deutet auf eine Liege. „Mach es dir doch da drüben bequem", sagt er. „Und dann erzähl mir einfach, was geschehen ist."

Ich setze mich auf die Liege. „Gut. Aber vorher möchte ich eines klarstellen: Auch wenn ich einige merkwürdige Dinge erlebt habe und unter Halluzinationen leide, bedeutet das nicht, dass ich mir alles nur eingebildet habe. Amelies Stiefvater hat mir gegen meinen Willen eine Spritze gegeben, als ich ihn in seiner Praxis zur Rede stellte. Das war der Grund dafür, dass ich ins Koma fiel. Und ich weiß, dass er mehrfach im Krankenhaus war und versucht hat, mich dort zu töten."

Der Psychiater nickt. „Aha. Ja, ja, natürlich, natürlich. Nun leg dich hin und tu genau, was ich dir sage. Ich werde dich jetzt in einen tiefen Entspannungszustand versetzen, damit du mir ohne Angst alles erzählen kannst, was du erlebt hast." Seine Stimme wird etwas tiefer und ruhiger. „Schließ die Augen. Und dann atme ganz tief ein. Halte die Luft einen Moment an. Und jetzt atme langsam aus. Gut so. Noch einmal: Einatmen ... Luft anhalten ... ausatmen. Sehr gut. Du spürst, wie deine Arme schwer werden ..."

Ich öffne die Augen und richte mich auf der Liege auf. „Moment mal! Wollen Sie mich etwa hypnotisieren?"

Er lächelt beruhigend. „Du musst dir keine Sorgen machen. Hypnose kommt vom griechischen Wort für Schlaf. Es ist einfach nur ein tiefer Entspannungszustand, der die Barrieren absenkt, die zwischen dir und deinem Unterbewusstsein bestehen. Wir können damit herausfinden, was wirklich geschehen ist. Keine Angst – was immer du über Hypnose im Fernsehen gesehen hast, es ist völlig unmöglich, jemanden unter Hypnose gegen seinen Willen zu etwas zu zwingen."

„Und wenn ich Ihnen unter Hypnose erzähle, was wirklich passiert ist, werden Sie mir dann glauben?"

„Ah, na ja, natürlich, Marko! Genau deshalb machen wir das. Vertrau mir. Ich will dir nur helfen."

So richtig überzeugt bin ich immer noch nicht, doch als ich die Augen schließe und Dr. Johannsen mit seiner beruhigenden Stimme auf mich einredet, entspanne ich mich allmählich. Als mir der Psychiater sagt, dass mein ganzer Körper warm und schwer wird, scheint das tatsächlich zu passieren. Es ist ein angenehmes Gefühl. Und plötzlich bin ich wieder dort, an dem Strand in der Würfelwelt, ohne zu wissen, wer ich bin und wie ich dorthin kam.

Ich beginne zu erzählen: „Irgendetwas stimmt nicht, aber ich weiß nicht, was. Ich weiß nicht einmal, woher ich weiß, dass etwas nicht stimmt. Da ist nur dieses merkwürdige Gefühl, dass die Welt nicht so ist, wie sie sein sollte. Die Welt, das ist ein Strand, dahinter treppenartige, bewaldete Hügel. Wellen schwappen leise gegen den Sand. Ein kühler Wind weht vom Meer herein. Die Luft riecht salzig ...“

5.

Es ist nicht mein Bett, in dem ich aufwache. Das Zimmer ist klein, mit gelb gestrichenen Wänden, an denen bunte Landschaftsaquarelle in Plastikrahmen hängen. In einer Ecke ist ein kleines Bad abgeteilt. Ich habe nur meine Unterwäsche an. Jeans, Hemd und Sweatshirt hängen über dem Stuhl neben einem Schreibtisch, auf dem ein Zettelblock und ein Stift liegen. Die mit Blumen gemusterten Vorhänge vor dem einzigen Fenster sind zugezogen.

Verwirrt setze ich mich auf. Wo bin ich? Als ich die Vorhänge zur Seite ziehe, fällt mein Blick auf einen kleinen Park. Ein junger Mann in der weißen Kleidung eines Pflegers und eine alte Frau in einem Bademantel gehen darin spazieren.

Ich blicke auf die Uhr: halb zehn. Ein Schreck durchfährt mich, als mir klar wird, dass ich die Nacht in der Nervenklinik verbracht habe. Ich versuche, die aufkeimende Angst zu unterdrücken. Vielleicht hat mich Dr. Johannsen bloß hierherbringen lassen, weil ich während der Hypnose auf seiner Liege eingeschlafen bin. Sicher wird mich Mam gleich abholen. Sie wird nicht zulassen, dass ich hier in der Irrenanstalt bleibe. Das wird sie bestimmt nicht!

Rasch ziehe ich mich an. Halb erwarte ich, dass die Tür abgeschlossen ist, doch sie lässt sich öffnen. Dahinter liegt ein schmaler Flur mit einem spiegelblank polierten Fußboden aus grauem Kunststoff.

Ich folge dem Gang bis zu einer Tür am Ende, hinter der ich Stimmengewirr höre. Sie führt in einen großen Raum. An mehreren Tischen sitzen Menschen und frühstücken.

Ein alter Mann hockt auf einem Sofa vor einem an die Wand montierten Fernseher, auf dem ein Zeichentrickfilm läuft.

Eine stämmige Frau mit kurzen, grauen Haaren erhebt sich von ihrem Stuhl und kommt auf mich zu. Sie trägt einen weißen Anzug mit einem Namensschild.

„Du musst Marko sein“, sagt sie freundlich und reicht mir die Hand. „Ich bin Schwester Christa.“

„Wo ist meine Mutter?“, will ich wissen.

„Frühstücke doch erst einmal mit uns.“

„Ich habe keinen Hunger. Ich möchte nach Hause.“

Schwester Christa blickt mich mitleidig an. „Natürlich möchtest du das. Und ganz sicher wirst du bald wieder nach Hause gehen können. Aber erst mal musst du etwas essen, damit du bei Kräften bleibst. Damit der Geist gesund werden kann, muss erst der Körper gesund sein, wie wir hier sagen.“

„Bald? Was meinen Sie mit bald? Ich will mit meiner Mutter sprechen, jetzt sofort!“

Die übrigen Patienten haben aufgehört zu essen und starren uns an. Schwester Christas Gesicht verfinstert sich. Ihre Augen wirken plötzlich kalt und unbarmherzig. „So sprechen wir hier nicht mit dem Pflegepersonal“, sagt sie ruhig, aber mit einer unüberhörbaren Drohung im Unterton.

Erst jetzt komme ich auf die Idee, meine Taschen abzutasten. Ich bin mir nicht sicher, ob ich gestern mein Handy eingesteckt hatte. Falls ja, hat man es mir offenbar abgenommen. „Kann ich bitte kurz mal telefonieren?“

Zu meiner Überraschung nickt Schwester Christa. „Natürlich. Komm mit.“ Sie führt mich zu einem altmodischen Schnurtelefon, das an die Wand montiert ist.

Als ich unsere Nummer wähle, erklingt statt eines Wähltons nur sanfte Musik aus dem Hörer. „Was soll das?“, rufe ich. „Das ist gar kein richtiges Telefon!“

„Ich sagte schon, so redet man hier nicht mit dem Pflegepersonal!“, erwidert Schwester Christa, und der letzte Rest von Freundlichkeit und Mitgefühl ist aus ihrem Gesicht verschwunden. „Wenn du dich nicht an unsere Regeln halten willst, muss ich dich ins Beruhigungszimmer sperren!“

Bei diesem Wort geht ein Aufstöhnen durch die Patienten, die uns immer noch beobachten. Eine zierliche Frau mit kurzen, schwarzen Haaren bricht in Tränen aus.

Endlich begreife ich, dass ich in der Falle sitze. Dr. Johannsen muss Mam irgendwie überredet haben, mich hierzubehalten. Vielleicht hat er ihr eingeredet, dass ich verrückt bin. Möglicherweise ist das alles von Amelies Stiefvater arrangiert worden, um mich als unliebsamen Zeugen auszuschalten. Mich als verrückt zu erklären ist fast noch effektiver, als mich umzubringen.

Ich wende mich an Schwester Christa. „Bitte, ich möchte nur einmal kurz meine Mutter sehen. Ist das möglich?“

Ein Lächeln erscheint auf ihrem Gesicht. „Natürlich ist das möglich, mein Junge. Ich werde mich persönlich darum kümmern. Aber bis dahin musst du schön brav sein, ja?“

Ich schlucke meine Wut und Angst herunter und sage: „Ja, Schwester Christa.“

„So ist es schon viel besser. Und nun frühstücke erst mal. Danach wirst du dich bestimmt besser fühlen.“

Keiner der Patienten ist auch nur annähernd in meinem Alter. Also setze ich mich einfach auf einen freien Stuhl. An dem runden Tisch sitzen ein älterer Mann mit etwas zu großer Nase und beginnender Glatze, eine hübsche junge Frau und ein Dicker mit Hornbrille.

„Neu hier, was?“, fragt die Frau. Sie hat kurze strohblonde Haare und hellblaue Augen.

„Ja. Ich bin Marko.“

„Elfie.“ Sie reicht mir eine zierliche Hand und stellt die beiden anderen vor: „Das da ist Sir William, Mitarbeiter des Geheimdienstes Ihrer Majestät.“

„Pssst!“, macht der Dicke mit der Brille empört und bemüht sich sichtlich, mit britischem Akzent zu sprechen. „Wie oft soll ich dir noch sagen, dass ich undercover hier bin?“

„Und das da ist ...“, beginnt sie und weist auf den älteren Mann.

„Gott“, fällt ihr dieser ins Wort. „Du kannst mich der Einfachheit halber Karl nennen. Freut mich, dich kennenzulernen, Marko.“

„Äh, ja, mich auch.“ Dann wende ich mich an Elfie. „Und wofür hältst du dich? Für eine Figur aus dem Herrn der Ringe?“

Sie sieht mich erschrocken an. „Wie ... wie meinst du das?“

„Entschuldige. Ich ... ich dachte nur ... Ich wollte nicht ... Ich meine, warum bist du hier?“

Sie lächelt. „Ist schon gut. Du kannst es ja nicht wissen.“

„Was kann ich nicht wissen?“

„Dass ich ein Gespenst bin.“

„Ein ... Gespenst! Du meinst, du bist tot?“

Sie verdreht die Augen. „Wenn ich tot wäre, dann würde ich ja wohl nicht hier sitzen und frühstücken, oder?“

„Äh ... nein, aber ... ich dachte, Gespenster ...“

„Das ist ein weit verbreiteter Irrtum“, erklärt sie mit vollem Ernst. „Gespenster sind nicht tot. Gespenster sind unsichtbar.“

„Mit wem redest du da eigentlich die ganze Zeit, Marko?“, fragt der Dicke und zwinkert mir über den Rand seiner Hornbrille zu.

„Aber ich sehe dich doch“, sage ich verwirrt.

„Aber nur, weil ich will, dass du mich siehst.“

Mir fehlen die Worte. Ich bin in eine waschechte Klapsmühle geraten und sitze mit einem Gespenst, einem britischen Geheimdienstmitarbeiter und keinem Geringeren als dem Allmächtigen höchstpersönlich an einem Tisch! Wenigstens scheinen sie nett zu sein.

Trotz allem habe ich auf einmal Hunger. Also nehme ich mir ein Brötchen aus dem Korb und bestreiche es mit Butter und Marmelade. Als ich nach der Kanne Milch greife, hält der Dicke meinen Arm zurück. „Ich würde das nicht trinken. Sie tun da irgendein Zeug rein, um uns gefügig zu machen. In die Marmelade übrigens auch.“

Erschrocken starre ich auf das Brötchen auf meinem Teller, dann auf den dicken Mann, der sich für einen Geheimagenten hält. Als ich seinen Rat gerade ignorieren will, fällt mir ein, was Schwester Christa gesagt hat: *Und nun frühstücke erst mal. Danach wirst du dich bestimmt besser fühlen.*

Der ältere Mann namens Karl streckt seine Hand aus, fährt damit durch die Luft über meinem Teller und murmelt etwas. „Jetzt ist es harmlos“, sagt er. „Ich habe einfach das Diazepam in Zuckermoleküle verwandelt.“

„Danke, aber ich glaube, ich habe doch keinen Hunger“, erwidere ich.

Sir William nickt anerkennend und tippt sich an die

Stirn, während er mit dem Kopf auf Karl deutet.

Ein Anflug von Verzweiflung überkommt mich. Wenn tatsächlich Amelies Stiefvater dahinter steckt, dass ich hier bin, werde ich vielleicht nie wieder hier rauskommen! Dann schießt mir ein neuer Gedanke durch den Kopf: Vielleicht ist Amelie auch in eine Nervenklinik gesteckt worden. Vielleicht ja sogar in dieselbe!

„Habt ihr zufällig ...“, beginne ich, doch Karl unterbricht mich.

„Sie ist nicht hier.“

Ich starre ihn an. „Was?“

„Sie ist nicht hier“, wiederholt er.

„Wer ist nicht hier?“, fragt Elfie.

„Ihre Majestät“, antwortet Sir William. „Sie ist im Buckingham Palace in Sicherheit. Dafür habe ich gesorgt.“

„Was hast du damit gemeint, sie ist nicht hier?“, frage ich nach.

„Das Mädchen, das du suchst, ist nicht hier.“

„Woher ... weißt du das?“

„Ich bin Gott, schon vergessen?“

Einen Moment lang bin ich sprachlos. Dann wird mir klar, dass das nichts anderes ist als ein billiger Trick, wie ihn Wahrsager auf dem Jahrmarkt oder Zauberer im Fernsehen verwenden. Ich bin ein 14 Jahre alter Junge, da ist es wohl nicht so unwahrscheinlich, dass ich mich für ein Mädchen interessiere. „Gott“ hat einfach gut geraten.

Er schüttelt langsam den Kopf, als wüsste er, was ich denke. Aber das ist natürlich auch bloß ein Trick.

Das Gefühl der Ohnmacht wird übermächtig. Ich wische mir mit einer Papierserviette die Tränen aus den Augen.

Karl lächelt, als wolle er mich trösten. „Keine Sorge, ich kann dir helfen, hier rauszukommen.“

„Lass mich in Ruhe!“, erwidere ich. „Lasst mich einfach alle in Ruhe!“

Schwester Christa kommt an unseren Tisch. „Na, schmeckt's?“, fragt sie mit aufgesetzter Freundlichkeit.

Alle nicken pflichtschuldig. Ich nehme einen Bissen von dem Marmeladenbrot und hoffe, dass Sir William nur fantasiert hat.

„Der Junge gehört nicht hierher“, sagt Karl unvermittelt.

„Das ist nicht deine Entscheidung“, erwidert Schwester Christa ruhig.

„Doch, ist es. Aber ich werde sie bald rückgängig machen.“

„Ja, ja, tu das.“ Sie wendet sich an mich. „Er denkt, er ist Gott. Das darfst du nicht so ernst nehmen.“

Ich nicke bloß.

„Und Sie, Schwester Christa, kommen in die Hölle!“, sagt Karl.

Sie fährt herum. „Was hast du gesagt?“

Karl grinst breit. „Sie kommen in die Hölle, wo Sie hingehören! Das volle Programm: Schwefelbäder, Dämonen, die ihnen mit Dreizacken in den Hintern pieken ...“

„Mein lieber Freund, ich habe dir schon hundertmal gesagt, dass wir hier nicht so reden!“

„Sie können mir gar nichts!“ Er macht eine ausladende Geste, die den ganzen Raum umfasst. „Ich habe mir das alles hier ausgedacht. Wenn ich wollte, könnte ich sie jederzeit in einen Truthahn verwandeln!“

„Jetzt reicht's! Noch ein Wort, und du kommst ins Beruhigungszimmer!“

Karl grinst immer noch, aber er schweigt. Anscheinend hat selbst der Allmächtige Respekt vor dieser Pflegerin.

„Schwester Christa, darf ich bitte Dr. Johannsen sprechen?“, frage ich höflich.

„Der Doktor ist gerade in einem Termin“, sagt sie. „Aber später wird er sich bestimmt um dich kümmern.“

Sir William beugt sich zu mir und flüstert mir ins Ohr: „Das sagt sie jedes Mal. Aber der Doktor kommt nie zu uns.“

„Das habe ich gehört, Willi!“, sagt Schwester Christa.

Der Dicke zuckt zusammen. „Oh Mist!“, murmelt er. „Die Geheimhaltung wurde verletzt! Ich muss sofort das Hauptquartier in Kenntnis setzen!“ Er hält sein mit Butter beschmiertes Frühstücksmesser ans Ohr. „London? Can you hear me? London?“

Schwester Christa seufzt. „Leg das Handy wieder hin, Willi! Hier drin ist kein Empfang, das weißt du doch!“

Sir William starrt das Messer an, dann nickt er und legt es wieder neben den Teller.

„Da drüben sind übrigens Bücher und Spiele, Marko.“ Schwester Christa deutet auf ein Regal an der Wand. „Du kannst dir nehmen, was du möchtest. Behandle die Sachen nur sorgfältig und stell sie wieder zurück, wenn du sie nicht mehr brauchst.“ Sie lächelt mir zu. „Und keine Sorge, ich weiß, dass du nicht so verrückt bist wie die anderen hier. Du kommst bestimmt bald wieder nach Hause!“

„Wer ist hier verrückt?“, fragt Sir William. Aber die Pflegerin beachtet ihn nicht und lässt uns allein.

„Wie wär's mit einer Partie *Mensch ärgere dich nicht*?“, schlägt Karl vor.

„Au ja“, stimmt Elfie zu.

„Ohne mich“, meint Sir William. „Du gewinnst ja doch immer.“

„Ach komm schon!", sagt Karl. „Diesmal lasse ich die Würfel garantiert völlig zufällig rollen."

„Das hast du letztes Mal auch gesagt. Und dann hast du *ganz zufällig* immer die richtige Zahl gewürfelt, um mich rauszuwerfen!"

„Was kann ich dafür, wenn ich einfach Glück habe?"

„Hört auf, euch zu streiten!", sagt Elfie. „Was ist mit dir, Marko? Spielst du mit?"

Ich schüttele den Kopf. „Nein danke. Ich fühle mich nicht danach."

Karl zwinkert mir zu. „Na, vielleicht findest du ja da drüben noch was anderes Interessantes."

Da ich nichts Besseres zu tun habe, folge ich seinem Vorschlag und gehe zu dem Regal. Eine Menge Bücher stehen darin. Ein paar Titel kommen mir bekannt vor: Lewis Carrols *Alice im Wunderland* zum Beispiel, *Der Zauberer von Oz* von L. Frank Baum, *Die unendliche Geschichte* von Michael Ende, *Der 35. Mai* von Erich Kästner und *Coraline* von Neil Gaiman.

Zwischen mehreren Stapeln mit Brettspielen zieht eine würfelförmige Schachtel meine Aufmerksamkeit an – ein Minecraft-Legoset. Während ich die Schachtel aus dem Regal hole und sie von allen Seiten betrachte, frage ich mich, ob das Zufall ist oder ob Dr. Johannsen sie hier absichtlich platziert hat, extra für mich.

6.

Als ich die Schachtel öffne, sind die Legosteine noch in ihrem Plastikbeutel. Also hat Dr. Johannsen das Set extra für mich gekauft. Ich will es gerade ins Regal zurückstellen, als mir die kleine grüne Figur in dem Beutel auffällt. Der Creeper dreht mir seinen winzigen Würfelkopf zu und sieht mich mit herabzogenen Mundwinkeln an.

Geht das schon wieder los? Ich kneife die Augen zu. Als ich sie öffne, scheint das Monster mich immer noch vorwurfsvoll anzustarren.

Nein, das ist nicht passiert. Das habe ich mir bloß eingebildet. Ich reiße den Beutel auf und fische die Figur aus dem Durcheinander von bunten Plastiksteinen. Sie besteht aus drei Einzelteilen - einer länglichen Platte für die Füße, einem grünen Einer-Legostein für den Körper und einem weiteren Stein mit einem kleinen, aufgedruckten Creepergesicht. Der Kopf lässt sich mühelos hin und her bewegen. Vielleicht hat er sich von selbst verdreht, während ich den Inhalt der Schachtel bewegt habe ...

Höre ich da ein leises Zischen? Ohne nachzudenken, halte ich die Plastikfigur ans Ohr. Tatsächlich, sie zischt wie eine undichte Colaflasche. Erschrocken lasse ich den Creeper fallen. Als er auf dem Boden auftrifft, explodiert er mit einem deutlich hörbaren Plopp. Die drei Plastikteile fliegen in verschiedene Richtungen.

„Du musst vorsichtig mit dem Spielzeug sein. Schwester Christa schimpft, wenn du etwas kaputt machst!" Das war Elfie. Sie steht mit Karl und Sir William neben mir und beobachtet mich kritisch.

„Wolltet ihr nicht *Mensch ärgere dich nicht* spielen?"

„Haben wir schon“, sagt Sir William. „Karl hat natürlich gewonnen. Er hat siebenundzwanzig Mal hintereinander eine Sechs gewürfelt, kannst du dir das vorstellen? Ich hab nicht mal meinen dritten Zug machen können, da hatte er schon alle seine Figuren im Ziel.“

„Ich bin eben ein Glückspilz“, sagt Karl und grinst.

Ich sammele die drei Einzelteile des Creepers ein, setze sie zusammen und halte die Figur an mein Ohr. Kein Zischen.

Elfie kichert. „Meinst du, der spricht mit dir?“

„Lass ihn in Ruhe“, sagt Karl. „Er ist verwirrt, weil er nicht weiß, wo er ist.“

„Er weiß nicht, wo er ist?“, fragt Elfie. „Aber er ist doch hier!“

„Ist er das?“

„Ich verstehe nicht, was du meinst!“

Karl seufzt. „Das sind wir Götter gewohnt.“

Mir reicht es. Rasch räume ich die Legosteine in die Schachtel, stelle sie ins Regal und sehe mich nach der Pflegerin um, doch sie ist nirgends zu sehen. „Wo ist Schwester Christa?“

„An einem geheimen Ort, wo wir nicht hinkönnen“, raunt Sir William. Er blickt sich um, als habe er Angst, beobachtet zu werden. „Was keiner wissen darf: Sie ist in Wirklichkeit ein Roboter! Sie ist jetzt in einer Art Garage, wo sie wieder aufgeladen wird.“

„Erzähl dem armen Jungen nicht solchen Unsinn!“, tadelt Elfie. „Du machst ihm bloß Angst.“

Ich ignoriere das Geplänkel. Der Aufenthaltsraum hat zwei Ausgänge. Der eine führt auf den Flur, durch den ich hierhergekommen bin. Ich öffne den anderen. Dahinter liegt ein kurzer Gang. Den Geräuschen von klapperndem

Geschirr nach zu urteilen befindet sich rechts die Küche. Die Tür am Ende des Ganges ist verschlossen. Anstelle eines Knaufs hat sie einen Magnetkartenleser. Links befindet sich hinter einer Glastür ein kleines Büro. Ein Schild trägt die Aufschrift „Dienstzimmer“. Ein junger Mann mit Bart und weißem Kittel sitzt an einem Schreibtisch und starrt auf seinen Computermonitor.

Ich klopfe und öffne die Tür, ohne ein „Herein“ abzuwarten. „Entschuldigung, aber ich würde gern Dr. Johannsen sprechen.“

Ein auf dem Kittel aufgenähtes Namensschild weist den jungen Mann als Pfleger Ralf aus. Er nickt, klickt ein paar Mal mit der Maus und starrt auf den Monitor. „Der Doktor ist in einem Termin“, sagt er.

„Ja, ich weiß. Wann hat er denn Zeit für mich?“

„Das kann ich dir leider nicht sagen.“

„Sie sehen doch seinen Kalender, oder?“ Ich beuge mich über den Schreibtisch, um einen Blick auf den Monitor zu erhaschen. Dort ist nicht etwa ein Terminkalender zu sehen, sondern ein Kartenspiel.

„Es ist Patienten untersagt, den Computer zu benutzen!“, schimpft Pfleger Ralf.

„Ich habe ein Recht darauf, mit einem Arzt zu sprechen!“

„Der Doktor wird sich um dich kümmern, sobald er Zeit hat.“

„Ich will aber jetzt mit ihm sprechen!“

Die Miene des Pflegers verfinstert sich. „Hör zu, Junge, du bist offensichtlich neu hier, also erkläre ich es dir in Ruhe: So reden wir hier nicht mit dem Pflegepersonal! Wenn du etwas möchtest, hast du höflich darum zu bitten! Wir Pfleger entscheiden dann, ob du es bekommen kannst, und unsere Entscheidung ist absolut. Wenn wir etwas ablehnen, dann geschieht das aus gutem Grund und immer im Interesse deiner Gesundheit."

Ich deute auf das Telefon neben dem Computer. „Ich bitte Sie höflich darum, telefonieren zu dürfen."

„Das Patiententelefon ist im Aufenthaltsraum."

„Ich würde aber gern ein richtiges Telefon benutzen, so eines, wo am anderen Ende jemand an den Apparat geht, mit dem man dann sprechen kann."

Pfleger Ralf sieht mich an, als ob ich begriffsstutzig wäre. Dabei ist offensichtlich er es, der hier etwas nicht kapiert, denn er wiederholt: „Das Patiententelefon ist im Aufenthaltsraum."

„Da kommt aber nur Musik raus", sage ich.

„Vielleicht hast du dich verwählt."

„Es spielt Musik, wenn man den Hörer abnimmt. Anstelle eines Freizeichens. Wählen bringt überhaupt nichts."

Der Pfleger seufzt. „Also gut, ich werde einen Techniker informieren, der das Telefon repariert. Und nun lass mich bitte in Ruhe, ich muss arbeiten."

Ich fühle mich wie ein Creeper kurz vor dem Explodieren. Offenbar hat man in jedem Gefängnis als Insasse mehr Rechte als in dieser Nervenklinik! Aber mir ist klar, dass ich mit Schimpfen, Drohen oder Flehen nicht weiterkomme. Ich muss abwarten, ob sich Dr. Johannsen irgendwann doch dazu herablässt, mit mir zu reden. Und wenn nicht, muss ich irgendwie von hier abhauen. Ich habe allerdings nicht die geringste Ahnung, wie mir das gelingen könnte.

Zurückgekehrt in mein Zimmer stelle ich fest, dass sich das Fenster nicht öffnen lässt. Die anderen Türen führen in weitere Patientenzimmer. In einem davon meditiert eine alte Frau mit langen, weißen Haaren in einer Art Schneidersitz auf dem Bett, die Hände mit nach oben gedrehten Handflächen auf den Knien, die Augen geschlossen.

Ich murmele „Entschuldigung“ und will die Tür gerade wieder schließen, als sie die Augen öffnet und mich direkt ansieht.

„Komm herein“, sagt sie mit einer rauen, aber gleichzeitig sanften Stimme. „Ich habe dich erwartet.“

„Erwartet?“, frage ich verwirrt, bevor mir wieder einfällt, dass ich in einer Irrenanstalt bin. Vermutlich hält sich die alte Frau für eine Art Prophetin oder so.

„Ja. Ich bin die Prophetin Ismalda. Ich kann dir deinen Weg weisen.“

„Können Sie mir vielleicht auch sagen, wie ich hier rauskomme?“

Ismalda nickt. „Ja, natürlich. Aber es ist nicht einfach. Setz dich bitte.“ Sie deutet mit dem Kopf auf den Stuhl vor ihrem Schreibtisch, der genauso aussieht wie der in meinem Zimmer.

Da ich mich ein wenig schuldig fühle, weil ich sie gestört habe, tue ich ihr den Gefallen und setze mich.

„Es sind nicht Wände und Türen, die dich aufhalten“, sagt die selbsternannte Prophetin.

„Was soll das bedeuten? Meinen Sie, ich kann einfach durch Wände gehen?“

„Das könntest du, wenn du es wirklich wolltest.“

Ich betaste die Wand hinter dem Schreibtisch. „Die fühlt sich aber ziemlich massiv an.“

„Ja, sie fühlt sich so an.“

Darauf weiß ich nichts zu sagen. Ismalda sieht mich

schweigend an, als warte sie auf etwas.

„Wollten Sie mir nicht sagen, wie ich hier rauskomme?“, frage ich.

Sie schüttelt den Kopf. „Nein, das wollte ich nicht. Du wolltest, dass ich es dir sage. Aber so funktioniert es nicht. Es gibt immer einen leichten und einen schweren Weg. Der schwere Weg ist der einfache, der leichte der schwierige.“

„Aha. Und was bedeutet das?“

„Es bedeutet, dass du selbst den richtigen Weg erkennen musst.“

Mir wird klar, dass ich hier bloß Zeit vertrödele. Trotzdem unternehme ich noch einen Versuch. „Also, wie komme ich denn jetzt hier raus?“

„Geh durch die Tür“, sagt Ismalda und lächelt.

„Ich glaube, das mache ich tatsächlich“, sage ich, stehe auf und öffne ihre Zimmertür.

„Viel Glück, Marko“, ruft sie mir nach.

Erst, als ich schon auf dem Gang bin, wird mir klar, dass ich ihr meinen Namen gar nicht genannt habe. Ich stecke meinen Kopf noch einmal durch die Tür. „Woher wissen Sie, wie ich heiße?“

„Ich sagte doch schon, ich bin eine Prophetin.“

Ja klar, was sonst? Wahrscheinlich hat sie heute beim Frühstück an unserem Nachbartisch gesessen und gehört, wie ich mich vorgestellt habe. Trotzdem folge ich einer spontanen Eingebung und frage sie: „Wissen Sie zufällig auch, wo Amelie ist?“

Sie nickt. „Sie wartet auf dich.“

„Wo?“

„Am Ende der Treppe.“

„Was für eine Treppe?“

„Du wirst sie finden.“

Mit einem Seufzer sage ich: „Vielen Dank für die große Hilfe!“

„Gern geschehen.“

Der Gang endet an einer Tür, auf der ein Schild mit der Aufschrift „Kein Ausgang“ angebracht ist. Wer's glaubt! Ich drücke die Klinke in der Erwartung, dass die Tür abgeschlossen ist, aber sie lässt sich öffnen. Dahinter liegt nur ein Abstellraum voller Putzmittel, Handtücher, Bettlaken und so weiter.

Während ich mich noch darüber wundere, dass jemand auf eine Besenkammer „Kein Ausgang“ schreibt, werfe ich einen Blick in die übrigen Patientenzimmer, die alle leer sind.

Ich kehre in den Aufenthaltsraum zurück, wo Elfie und Sir William inzwischen eine angeregte Diskussion über die Eignung von Gespenstern als Mitarbeiter des britischen Geheimdienstes führen. Während Elfie der Ansicht ist, dass ihre Fähigkeit, sich unsichtbar zu machen, sie als Spionin hervorragend qualifiziert, behauptet Sir William, Gespenster seien von Natur aus sehr mitteilsam und deshalb für Geheimdienstarbeit völlig untauglich. Karl beobachtet die Diskussion schmunzelnd und mit verschränkten Armen. Als er mich sieht, winkt er mich heran. „Hallo Marko! Lust auf eine Partie *Mensch ärgere dich nicht*?“

Gerade, als ich dankend ablehnen will, kommt mir ein Gedanke. „Ja, okay, gern.“

Während Elfie sich freut, murrt Sir William „nicht schon wieder“, aber er stellt doch brav seine Pöppel auf das Brett.

Karl beginnt. Er würfelt eine Sechs und stellt eine Figur auf das Startfeld vor seinem Haus.

„Wenn du auch nur ein einziges Mal zwei Sechsen

hintereinander würfelst, höre ich sofort auf zu spielen", sagt Sir William.

Karl hebt die Hände. „Ich hab doch schon gesagt, ich schummele nicht. Und man kann ja auch nicht dauernd Glück haben." Er wirft den Würfel noch einmal - eine Eins. „Siehst du", sagt er.

Elfie schafft es ebenfalls auf Anhieb, einen Pöppel auf das Startfeld zu ziehen und ihn mit einer Fünf weiterzubewegen. Sir William versucht drei Mal vergeblich, eine Sechs zu würfeln. Er grummelt etwas und wirft einen Blick zu Karl, als glaube er tatsächlich, der sei schuld.

Ich würfele eine Sechs, stelle eine Figur auf das Startfeld, würfele noch einmal eine Sechs und ziehe den Pöppel voran, um das Startfeld frei zu machen. Mein nächster Wurf: eine Sechs. Der vierte: wieder eine Sechs.

„Du musst jetzt den ersten Pöppel ziehen, anders geht's nicht", hilft mir Elfie, ohne sich im Geringsten zu wundern.

Ich tue das und würfele erneut. Eine Sechs.

„Das gibt's doch nicht!", schimpft Sir William und haut mit der flachen Hand auf den Tisch. „Ich spiel nicht mehr!"

„Was ist denn hier los? Machst du schon wieder Ärger, Willi?"

Der Angesprochene zuckt zusammen. „Nein, Schwester Christa! Ehrlich nicht! Es ist bloß ... der schummelt schon wieder!"

Während ich mich noch frage, wie es die Pflegerin geschafft hat, sich völlig lautlos und unbemerkt anzuschleichen, sieht sie mich mit einem durchdringenden Blick an. „Stimmt das, Marko?"

„Nein!" Ich hebe abwehrend die Hände.

„Nicht er", sagt Sir William. „Der da!" Er zeigt auf Karl.

Schwester Christa streckt den Zeigefinger in dessen

Richtung. „Wenn du schon wieder die Patienten aufwiegelst, Karl, dann ...!"

„Dann was?", fragt Karl.

„Du brauchst dir gar nicht einzubilden, dass du was Besonderes bist, bloß weil du mal ein paar Bücher geschrieben hast!", poltert die Schwester. „Ich werde dir deinen Größenwahn schon noch austreiben! Du kommst ins Beruhigungszimmer, bis du nicht mal mehr deinen eigenen Namen schreiben kannst!"

Karl scheint nicht im Mindesten beunruhigt. „Denken Sie daran, Schwester Christa: Ich kann sie jederzeit in einen Truthahn verwandeln! Oder Schlimmeres!"

„Ach ja? Dann tu es doch! Na los! Verwandele mich in einen Truthahn, hier und jetzt! Oder bist du etwa doch nicht allmächtig?"

„Geduld, Schwester Christa! Nur noch ein bisschen Geduld!"

„Du ... unverschämter ...!", stößt die Pflegerin aus, doch sie dreht sich um stakst davon, ohne eine weitere Drohung auszusprechen. Mein Respekt vor Karl wächst.

„Du hast Bücher geschrieben? So richtig wie ein Schriftsteller?", frage ich.

Er nickt. „Ja, ein paar."

„Was denn für welche?"

Er winkt ab. „Krimis, Thriller, so 'n Zeug."

„Und ... wie bist du hierhergekommen?"

Ein breites Grinsen erscheint auf seinem Gesicht. „Mein letztes Buch hat die Leser an der Realität, in der sie leben, zweifeln lassen. Und das, finden einige Leute, ist gefährlich. Denn wenn die Menschen das, was um sie herum geschieht, nicht mehr so ernst nehmen, dann sind sie auch weniger leicht einzuschüchtern. Deshalb haben sie mich hergebracht. Das glauben sie jedenfalls."

„Und in Wirklichkeit?"

Er grinst. „Wirklichkeit? Was heißt schon Wirklichkeit? Wie ich schon sagte, ich habe mir das alles bloß ausgedacht, diesen Raum und alles darin: Elfie, Sir William, Schwester Christa, sogar dich und mich."

„Du denkst, wir sind in einem deiner Bücher?", frage ich verwirrt.

„Genau genommen existieren wir bloß in der Fantasie der Leser."

„Und deshalb denkst du, du bist Gott? Weil du die Geschichte jederzeit umschreiben kannst?"

Karl runzelt die Stirn. „Na ja, nicht so ganz, das ist ja das Problem. Die Geschichte ist nämlich schon fertig. Ich kann sie nicht mehr ändern. Alles, was geschehen wird, ist schon geschehen. Indem ich es niederschrieb, wurde es Realität, sozusagen. Ist vielleicht ein bisschen schwierig zu verstehen."

„Also weißt du auch schon, was passieren wird?"

„Äh, ja."

„Und kannst du es mir sagen?"

„Nein. Das würde ja dem Leser den Spaß verderben."

War ja klar! Eine clevere Ausrede, das muss ich ihm lassen.

„Können wir jetzt weiterspielen?", fragt Elfie. „Du bist dran, Marko."

„Äh, ja, gut." Ich setze die Sechs und würfele ein weiteres Mal. Eine Drei.

Das Spiel nimmt seinen Lauf. Ich habe nie viel Glück bei solchen Dingen gehabt, aber diesmal läuft es nahezu perfekt für mich. Jedes Mal, wenn sich die Gelegenheit ergibt, jemanden rauszuwerfen, würfele ich die richtige

Zahl. Am Ende habe ich alle vier Pöppel im Ziel, während Sir William immer noch, oder besser gesagt schon wieder, alle in seinem Haus hat.

„Glückwunsch, Marko!“, sagt Elfie, die sich nicht daran zu stören scheint, dass sie gerade mal eine Figur ins Ziel gebracht hat.

„Ja, ganz toll gemacht!“, grummelt Sir William und wirft einen finsteren Blick in Richtung Karl.

„Noch eine Partie?“, fragt Elfie.

Ich schüttele den Kopf. Mein Blick fällt aus dem Fenster. „Hat jemand Lust, spazieren zu gehen?“

Elfie sieht mich erschrocken an. „Spazieren gehen? Wie meinst du das?“

„Ich dachte man könnte vielleicht ... ein bisschen draußen herumlaufen. Frische Luft schnappen.“

„Das ist nicht möglich!“, sagt Elfie. Es klingt, als mache ihr der Gedanke Angst.

„Nicht erlaubt“, korrigiert Sir William. „Nur unter Aufsicht. Zu viele Geheimnisse da draußen, wenn du verstehst, was ich meine.“

„Verstehe. Nun, dann gehe ich auf mein Zimmer und lese ein bisschen.“ Ich nehme mir ein Buch aus dem Regal: *Die unendliche Geschichte* von Michael Ende. Meine Mutter hat es mir vorgelesen, als ich acht oder neun Jahre alt war. Natürlich habe ich jetzt nicht wirklich Lust, zu lesen – ich will einfach für mich sein und in Ruhe nachdenken, und ein Buch scheint mir dafür die richtige Entschuldigung zu sein.

Als ich mit der Hand über den grauen Einband streiche, fällt mir wieder ein, dass in dem Buch eine Szene beschrieben wird, die meinem Gespräch mit Karl gerade eben ähnelt: Die Kindliche Kaiserin begegnet dem Alten vom Wandernden Berge, der alles, was in Phantásien passiert, aufschreibt und es dadurch wahr werden lässt. Vielleicht hat Karl das Buch auch gelesen.

Ich nehme es mit in mein Zimmer, lege mich aufs Bett und starre an die Decke in dem Versuch, einen Ausweg aus meiner Situation zu finden. Ich muss von hier fliehen oder wenigstens irgendwie meine Mutter kontaktieren. Letzteres scheint unmöglich, denn alle Kommunikationsmittel hat man uns weggenommen und uns nur dieses alberne Spielzeugtelefon gelassen. Die einzige Möglichkeit, mit der Außenwelt in Kontakt zu treten, scheint das Dienstzimmer zu sein. Doch das ist wahrscheinlich immer entweder besetzt oder abgeschlossen ...

Meine Gedanken drehen sich mehr und mehr im Kreis, bis ich irgendwann einschlafe.

7.

Als ich aus dem Schlaf schrecke, ist es bereits dunkel. Nur ein fahler, quadratischer Mond beleuchtet den Park.

Moment! Ein quadratischer Mond? Nein, ich habe mich getäuscht. Als ich genauer hinsehe, sieht er so rund aus wie immer.

Meine Uhr zeigt halb zwölf. Leise öffne ich die Tür zum Gang. Draußen ist alles still. Aus einem der anderen Zimmer höre ich lautes Schnarchen. Ich schleiche in den Aufenthaltsraum. Obwohl niemand hier ist, läuft immer noch der Fernseher. Der Korridor auf der anderen Seite ist ebenfalls verlassen, das Dienstzimmer unbeleuchtet.

Mein Herz pocht, als ich die Klinke der Glastür herunterdrücke. Abgeschlossen. War ja klar. Eine Weile stehe ich unschlüssig da und überlege, was ich tun kann. Die Tür einschlagen? Selbst wenn mir das gelänge, würde es einen solchen Krach machen, dass sämtliche Pfleger alarmiert würden. Irgendwie das Schloss knacken? In Filmen geht das immer ganz leicht mit einer Plastikkarte, aber selbst wenn ich eine hätte - ich bezweifle, dass es wirklich so einfach ist.

„Kann ich dir vielleicht helfen?", raunt jemand genau hinter mir.

Ich falle fast in Ohnmacht vor Schreck. Als ich mich langsam umdrehe, erwarte ich einen Pfleger im weißen Kittel zu sehen, doch es ist die untersetzte Gestalt von Sir William, der mich im schwachen Licht angrinst.

Ein Seufzer der Erleichterung entfährt mir. „Hast du mich erschreckt!"

„Du willst ins Dienstzimmer einbrechen? Das gibt aber 'ne Menge Ärger, wenn sie dich erwischen!"

„Ja, ich weiß. Aber ich muss unbedingt meine Mutter anrufen!"

„Verstehe. Lass mich mal! Für uns Profiagenten ist so ein Türschloss kein Problem." Ehe ich widersprechen kann, kniet er sich vor die Tür und fummelt mit einem kleinen Gegenstand, einer Büroklammer vielleicht, daran herum. Zu meiner großen Überraschung macht es plötzlich Klick und die Tür springt auf.

„Bitte sehr!", sagt Sir William und tritt beiseite. „Aber verrat nicht, dass ich das war, okay? Sie dürfen nicht wissen, dass ich vom Geheimdienst bin!"

„Keine Angst, ich halte dicht. Danke!"

Während Sir William im Aufenthaltsraum verschwindet, eile ich zum Telefon. Viel Zeit bleibt mir vermutlich nicht. Bestimmt gibt es hier einen Pfleger, der Nachtdienst hat und hin und wieder durch die Gänge patrouilliert. Als ich den Hörer abnehme, schallt mir ein fröhliches Kinderlied entgegen.

Das gibt's doch nicht! Dieses Telefon kann doch nicht auch eine Attrappe sein! Wie wild drücke ich auf den Tasten herum, doch was ich auch tue, anstelle eines Freizeichens oder irgendwelcher Wähltöne höre ich bloß diese dämliche Musik.

Mein Blick fällt auf den Computer. Vielleicht hat der ja einen Internetzugang? Ich drücke den Startknopf. Während die Maschine hochfährt, lausche ich auf Geräusche draußen auf dem Flur, doch es bleibt still.

Endlich erscheint der Windows-Startbildschirm und fordert mich auf, ein Passwort einzugeben. Mist! Aufs Geratewohl gebe ich *Passwort* ein, erhalte als Reaktion jedoch nur einen schrecklich lauten Piepton und den Hinweis „Falsches Passwort". So blöd sind die Pfleger also nicht.

Verzweifelt sehe ich mich um. Meine Mutter, die sich wie die meisten Menschen Passwörter nicht gut merken kann, notiert sie sich immer in einem kleinen Notizbuch, das in ihrer Schreibtischschublade liegt. Vielleicht macht das Pfleger Ralf ja ähnlich? Ich durchsuche die Schubladen, finde jedoch nichts.

Mein Blick fällt auf einen Werbekalender, der an der gegenüberliegenden Wand hängt. *Glanotrizyklin – wirksame Soforthilfe bei Spannungs- und Angstzuständen*, steht darauf.

Aufs Geratewohl gebe ich das komplizierte Wort ein. Und siehe da, die Passwortabfrage verschwindet und wird durch das Windows-Desktop ersetzt, begleitet von einer Melodie, die so laut aus dem Lautsprecher schallt, dass die halbe Nervenklinik davon wachgeworden sein muss.

Mit klopfendem Herzen sitze ich da und lausche, doch draußen rührt sich immer noch nichts. Ich öffne den Browser und erlebe die nächste Enttäuschung: keine Internetverbindung. So ein Bockmist! Welcher Computer hat denn heutzutage kein Internet? Ich klicke mich durch die Menüs der Systemsteuerung, doch es gibt kein W-LAN, in das ich mich einklinken könnte, und obwohl ein LAN-Kabel vom Computer zu einer Steckdose in der Wand führt, gelingt es mir nicht, eine Verbindung herzustellen.

Frustriert schließe ich den Browser und will gerade den Computer herunterfahren, als mir ein vertrautes Icon auf dem Desktop auffällt: ein kleiner, pixeliger Erdwürfel mit einer grünen Oberfläche, darunter die Schrift *Minecraft*.

Ich bewege die Maus zu dem Symbol, verharre jedoch. Was, wenn das eine Falle ist? Wenn Dr. Johannsen dieses Symbol nur hier installiert hat, weil er damit rechnet, dass ich an den Computer gehe, und irgendwo ein Alarm losgeht, sobald ich das Icon anklicke?

Einmal tief Luft geholt, dann ein Doppelklick auf das Icon. Anstelle des gewohnten Minecraft Login-Bildschirms erscheint sofort eine Ansicht der Spielwelt. Ich befinde mich an einem Strand. Rechts von mir plätschern die Wellen eines Meeres. Links erheben sich zwei Treppenstufen Gras mit ein paar eckigen Birken.

Meine Kehle schnürt sich zusammen. Ich kenne diesen Anblick. Kenne ihn nur zu gut!

8.

Irgendetwas stimmt nicht. Irgendetwas stimmt ganz und gar nicht mit der Welt!

Oder bilde ich mir das bloß ein? Ist es nur Zufall, dass ich an einer sehr ähnlichen Stelle gespawnt bin wie dem Ausgangspunkt für meinen Irrweg im Koma? Immerhin gibt es in einer typischen Minecraft-Welt jede Menge Küste, es ist also nicht unwahrscheinlich, dass man das Spiel an einem Strand beginnt.

Ich hüpfe den treppenstufenartigen Hügel hinauf und entdecke ein Schaf. Hinter dem Hügel erstreckt sich eine Wüste. Aus meinem Verdacht wird Gewissheit, als ich den Krater entdecke, den der Creeper dort gerissen hat, und kurz darauf die Überreste des gesprengten Holzhauses.

Ich starre entgeistert auf den Monitor. Das kann einfach nicht sein! Ich schließe die Augen, atme tief ein und aus und öffne sie wieder. Die Minecraft-Welt sieht immer noch genau so aus, wie ich sie aus dem Koma erinnere. Das Bild verschwimmt vor meinen Augen. Ich wische die Tränen beiseite. Ich will den Computer ausschalten, doch irgendetwas in mir treibt mich weiter.

Ich folge meinen eigenen Spuren durch die Würfelwelt. Es ist ein sehr merkwürdiges Gefühl, dasselbe noch einmal zu erleben, nur diesmal nicht wirklich dort zu sein. So als folgte ich mir selbst, wie ein Geist. Was, wenn ich mich in diesem Spiel treffe? Das wäre wirklich gespenstisch!

Ich erreiche die Hütte am Waldrand. Wie erwartet befindet sich im Inneren ein tiefes Loch. Irgendein Trottel hat sich hier ohne nachzudenken senkrecht nach unten gegraben und ist schließlich in eine finstere unterirdische Höhle voller Skelette, Zombies und Creeper gestürzt.

Diesmal bin ich schlauer. Ich hacke zunächst etwas Holz, verwandele einen Teil davon im Ofen in Holzkohle und stelle ein paar Dutzend Fackeln her. Dann buddele ich mich schräg nach unten, bis ich die Höhlendecke erreiche. Von dort aus baue ich mir eine Treppe bis zum Höhlenboden.

Alles ist so, wie ich es erinnere, inklusive Skeletten und Zombies sowie der provisorischen Brücke, die ich hier unten errichtet habe. Ich halte mich nicht lange mit den Monstern auf, sondern weiche ihnen einfach aus und folge dem Verlauf des kleinen Flusses, bis er sich durch eine riesige Höhle windet. An der Höhlenwand befindet sich ein kleines Steinhaus mit einem von Fackeln erleuchteten Garten: Gronkhs Behausung. Ob er wohl zuhause ist?

Ein hässliches Geräusch erinnert mich daran, dass ich nicht allein in der Höhle bin. Ein Skelett hat einen Pfeil auf mich abgefeuert und getroffen. Da ich keine Rüstung trage, zieht es mir sofort einen beträchtlichen Teil meiner Lebensenergie ab.

Rasch reiße ich die Tür auf, stürme ins Innere der Hütte und bleibe abrupt stehen. Statt eines Ritters in Diamantrüstung steht ein Creeper mitten im Raum. Er dreht sich um und kommt zischend auf mich zu.

„Was zum Kuckuck machst du hier?“

Ich zucke zusammen. Schwester Christa steht im Eingang des Dienstzimmers und leuchtet mir mit einer Taschenlampe ins Gesicht.

„Bitte, ich brauche nur ein paar Minuten! Das hier ist …“

In diesem Moment gibt es einen Knall, und Minecraft informiert mich darüber, dass ich soeben gestorben bin. Der Creeper ist explodiert, während ich abgelenkt war.

„Hände weg vom Computer!"

Ich hebe die Hände. „Ich wollte bloß ..."

Schwester Christas Stimme ist eisig. „Komm sofort her! Dir ist doch wohl klar, dass es Patienten strengstens untersagt ist, das Dienstzimmer zu betreten, noch dazu während der Ruhezeit!"

Mit gesenktem Kopf stehe ich auf. „Ja, Schwester Christa."

„Du meinst wohl, du bist was Besonderes, wie? Denkst vielleicht, das hier ist eine Art Hotel oder so? Na, wir werden dir deine Flausen schon austreiben! Eine Nacht im Beruhigungszimmer, und schon geht es dir viel besser!"

Sie führt mich zum Ende des kurzen Gangs und zieht eine Magnetkarte durch den Schlitz neben der Tür, die sich daraufhin öffnet. Der Gang auf der anderen Seite ist mit Neonröhren beleuchtet. Die Pflegerin führt mich bis zu einer Metalltür, in die ein Guckloch eingelassen ist. „Beruhigungszimmer" steht auf einem verblichenen Schild.

Schwester Christa öffnet die Tür. „Rein da! Hier kommst du erst raus, wenn du dich wieder völlig beruhigt hast."

„Aber ich bin völlig ruhig, Schwester Christa."

„Das entscheidet das medizinische Personal!" Sie drückt auf einen Schalter außerhalb des Raums. Grelles Neonlicht beleuchtet einen knallbunten Raum. Die Wände sind gepolstert und mit bedruckten Stoffen bespannt: Schaukelpferde, bunte Bälle, Schmetterlinge, Spielzeuge. Auf dem Boden liegt eine Matratze. Daneben stehen ein Stuhl und ein Tisch aus Schaumgummi. Mehrere Plüschtiere und Puppen sowie ein paar Pappbilderbücher für Vierjährige liegen herum. Aus verborgenen Lautsprechern erklingen fröhliche Kinderlieder.

„Los, rein da!", herrscht mich die Pflegerin an.

„Was … was ist, wenn ich mal muss?“, frage ich.

„In der Ecke dort gibt es ein Waschbecken und eine Toilette.“ Sie zeigt auf eine Stelle, die von einem geblümten Vorhang verhüllt ist. „Da oben sind Kameras. Wenn du etwas willst, winkst du. Je nachdem, ob es jemand sieht, kommt dann vielleicht ein Pfleger vorbei. Mach das nicht zu oft, die Pfleger neigen sonst dazu, dich zu ignorieren. Hier drin kannst du schreien, soviel du willst, es hört dich niemand. Noch Fragen?“

Sprachlos schüttele ich den Kopf.

„Dann rein da!“ Schwester Christa gibt mir einen Schubs, so dass ich in den Raum stolpere. Die schwere Tür fällt hinter mir ins Schloss und wird mit einem dumpfen Geräusch von außen verriegelt.

Wie betäubt setze ich mich auf die Matratze und versuche, nachzudenken, aber bei dem Kindergeplärre fällt mir das schwer.

Was hat es zu bedeuten, dass ich meine eigenen Minecraft-Fantasien auf dem Computer dieser Nervenklinik nachspielen kann? Wieso war in Gronkhs Haus ein Creeper? Was ist bloß mit mir los? Meine Gedanken drehen sich im Kreis, bis mir schwindelig wird.

„Ein Männlein steht im Walde, ganz still und stumm …“, plärrt es aus verborgenen Lautsprechern. Ich halte mir die Ohren zu, doch die Lieder hallen in meinem Kopf weiter. Die Musik macht mich aggressiv. Ich kicke den Schaumgummistuhl gegen die Wand, schreie meinen Frust heraus. Die Kinder singen unbeeindruckt weiter, als wollten sie mich verhöhnen. Ich versuche, ein Bein von dem Stuhl abzureißen, nur um irgendetwas in diesem schrecklichen Raum zu verändern. Doch das Gummi ist sehr zäh und widersteht all meinen Zerstörungsversuchen. Irgendwann gebe ich auf, rolle mich auf der Matratze zusammen, schließe die Augen und presse die Hände an meine Ohren.

„Hänschen klein, ging allein ..."

Tränen zwängen sich durch meine zugepressten Augenlider und tropfen auf die Matratze. In diesem Raum werde ich den letzten kümmerlichen Rest meines Verstandes auch noch verlieren!

„Marko?"

Erschrocken richte ich mich auf. Einen Moment dachte ich, das sei Amelies Stimme. Doch es ist Elfie, die neben der Matratze steht und mich mit besorgter Miene ansieht. Verblüfft stelle ich fest, dass die Tür immer noch verschlossen ist.

„Elfie! Wie ... wie bist du hier reingekommen?"

Sie lächelt. „Für uns Gespenster sind Wände kein Hindernis."

Soll das ein Witz sein? „Mach es mir vor! Geh durch die Wand nach draußen!"

Sie sieht mich mit leicht beleidigtem Ausdruck an. „Ich dachte, du freust dich über Gesellschaft!"

„Elfie, irgendwas stimmt hier nicht. Kannst du mir sagen, was mit mir los ist?"

„Was soll denn mit dir nicht stimmen?"

„Na, du zum Beispiel. In der Welt, die ich bisher kannte, gab es keine Gespenster."

Jetzt habe ich sie wirklich beleidigt. „Bloß, weil du noch nie eins gesehen hast, heißt das nicht, dass es uns nicht gibt! Also, wenn du nicht willst, dass ich hier bin, dann ..."

„Nein, warte! Entschuldige, aber ich bin schrecklich verwirrt. Ich weiß nicht, ob ich das hier alles bloß träume. Ob ich vielleicht immer noch im Krankenhaus liege."

„Im Krankenhaus? Wie kommst du denn darauf?"

Ich erzähle ihr, wie ich aus dem Koma aufgewacht bin, oder jedenfalls aufgewacht zu sein glaube.

„Du warst in einem Computerspiel? Das muss cool gewesen sein!"

„Ehrlich gesagt kann ich darauf verzichten, das noch einmal zu erleben. Es macht nicht annähernd so viel Spaß, wie in Sicherheit vor dem Computer zu sitzen."

„Und wieso bist du jetzt hier?"

„Na ja, ich war bei Dr. Johannsen, und ..." Ich stocke, als mir ein ungeheurer Verdacht kommt. Die knallbunten Wände, die Kinderlieder bekommen plötzlich eine völlig neue Bedeutung. Und auch Elfies Anwesenheit ergibt auf einmal einen perfiden Sinn.

„Geh durch die Wand!", befehle ich. „Jetzt sofort!"

Sie sieht mich verwirrt an. „Was?"

„Ich sagte, du sollst durch die Wand gehen! Ich will es sehen! Du bist doch ein Gespenst, oder nicht?"

„Ja, aber ..."

„Was heißt hier aber? Tu es einfach, wenn du es kannst!"

„Es ist bloß ... wir ... wir tun das nicht gern, wenn jemand zusieht. Es ist uns ein bisschen peinlich, könnte man sagen." Elfie schafft es, zu erröten.

„Ja, ja, schon klar! Hältst du mich wirklich für so blöd?" Ich drehe mich um und spreche in Richtung einer der Ecken an der Zimmerdecke, in der ich eine versteckte Kamera vermute. „Haltet ihr mich alle für total bescheuert? Ihr wollt mich in den Wahnsinn treiben! Ihr wollt, dass meine Aussage gegen Dr. Schiller vor Gericht wertlos wird! Aber das werdet ihr nicht schaffen!"

„Marko, was ist denn bloß los mit dir?", fragt Elfie.

„Was mit mir los ist?", brülle ich ihr entgegen. „Ich hab

endlich kapiert, was hier läuft!"

„Ich verstehe nicht ..."

„Du bist eine von ihnen! Wahrscheinlich sind auch all die anderen Patienten gar nicht wirklich verrückt. Karl, Sir William und du, ihr seid bloß Schauspieler. Sie haben euch engagiert, um mir weiszumachen, ich wäre geisteskrank! Ich muss zugeben, das ist ziemlich clever eingefädelt. Sogar das Spiel aus meinem Kopf habt ihr verblüffend genau nachgebaut. Vermutlich hat mir Dr. Johannsen so eine Art Wahrheitsserum gespritzt und mich dazu gebracht, ihm jedes Detail zu schildern. Ein ganz schöner Aufwand, nur um einen unliebsamen Zeugen auszuschalten. Aber hier geht es ja immerhin um versuchten Mord!"

Elfie hat jetzt Tränen in den Augen. Sie ist wirklich eine gute Schauspielerin, das muss man ihr lassen. „Nein, Marko! So ist es nicht, glaub mir! Ich bin ..."

Die Tür wird geräuschvoll entriegelt und Schwester Christa kommt in Begleitung eines muskulösen, kahlköpfigen Pflegers, den ich bisher noch nicht gesehen habe, herein. Sie hält eine Spritze in der Hand. „Es reicht jetzt, Marko! Wenn du dich nicht von selbst beruhigen kannst, dann müssen wir dich eben ruhigstellen. Bertram, halten Sie ihn fest!"

Der Pfleger packt von hinten meine Arme mit Händen wie Baggerschaufeln. Elfie wirkt zu Tode erschrocken. Weder Schwester Christa noch der Pfleger beachten sie.

„Es tut mir leid, Marko!", sagt sie.

„Lassen Sie mich los!", fauche ich. „Wenn ich hier rauskomme, werde ich dafür sorgen, dass meine Mutter Sie verklagt wegen ..."

Ein kurzer, schmerzhafter Stich in meinen Arm, und plötzlich fließt alle Kraft aus meinem Körper, als hätte jemand den Stöpsel gezogen. Meine Beine werden so weich, dass ich auf der Stelle zusammensacken würde, wenn mich der Pfleger nicht fest im Griff hätte. Die bunten Farben verschwimmen vor meinen Augen zu einem matschigen Grau, das langsam dunkler wird.

9.

Ich schrecke hoch. Warmes Sonnenlicht strömt durch die Vorhänge meines Zimmers. Ich fühle eine Druckstelle an meiner rechten Wange, mit der ich auf einer Ecke der *Unendlichen Geschichte* gelegen habe.

Verwirrt sehe ich auf die Uhr. Kurz nach vier. Es muss Nachmittag sein. Wieso bin ich hier in meinem Zimmer und nicht in der bunten Gummizelle? Habe ich meinen nächtlichen Ausflug in das Dienstzimmer etwa nur geträumt? Bei Licht betrachtet ergibt das durchaus Sinn: Sir William, der genau in dem Moment auftaucht, wo ich ihn brauche, und ohne Probleme ein Sicherheitsschloss knackt; die Minecraft-Welt im Computer, die exakt so ist, wie ich sie geträumt habe; Elfie als Gespenst.

Aber es wirkte so real!

Vielleicht ist es eine Nachwirkung des Komas, dass meine Träume realistischer sind und sich wirklicher anfühlen als zuvor. Vielleicht war es eine Mischung aus Traum und Halluzination. Wie auch immer, ich habe Hunger und muss mal.

Nachdem ich mich erleichtert habe, gehe ich in den Aufenthaltsraum. Der Tisch, an dem wir heute Morgen (war das wirklich heute Morgen?) *Mensch ärgere dich nicht* gespielt haben, ist von drei anderen Patienten besetzt, die Karten spielen - eine alte Frau in einem grauen Rollkragenpullover, ein junger Mann mit einem aufgedunsenen Gesicht und ein älterer Herr, der einen altmodischen Hut trägt, obwohl er nur mit Pyjama und Bademantel bekleidet ist.

„Trumpf!“, sagt der Herr mit Hut und wirft eine Karte auf den Tisch. „Herz ist Trumpf!“

„Aber gerade hast du noch gesagt, Karo sei Trumpf!“, beschwert sich die Frau.

„Aber jetzt ist Herz Trumpf! Der Stich gehört mir!“ Der Alte greift nach den Karten auf dem Tisch.

„Dddu ... sch... Schummm ... Schummler!“, stottert der junge Mann.

Ich wende meine Aufmerksamkeit den übrigen Patienten zu. Die meisten sitzen vor dem Fernseher und verfolgen gebannt einen Disney-Zeichentrickfilm - Dornröschen, soweit ich das erkennen kann. Elfie ist darunter und kaut an ihren Fingernägeln, als könne sie die Spannung kaum aushalten. Auch die selbsternannte Prophetin Ismalda starrt auf den Bildschirm, als erwarte sie von einer der Zeichentrickfiguren die nächste Offenbarung. Sir William und Karl sind nirgends zu sehen.

„Elfie, kann ich dich kurz sprechen?“

Sie sieht mich überrascht an. „Marko! Wo warst du denn? Du hast das Mittagessen verpasst!“

„Als wir ... als wir *Mensch ärgere dich nicht* gespielt haben, das war doch heute Morgen, oder?“

„Wie meinst du das? Wann denn sonst?“

„Pssst!“, macht ein Mann unbestimmbaren Alters. „Gleich kommt die böse Hexe!“

„Du sollst nicht immer alles verraten, du Blödmann!“, zischt die Frau neben ihm.

„Du bist die böse Hexe!“, gibt der Mann zurück. „Alte Hexe, du!“

„Das sage ich Pfleger Ralf! Der wird dich ...“

Ich lasse die Patienten mit ihrem Zeichentrickfilm allein und gehe in den Flur mit dem Dienstzimmer. Pfleger Ralf sitzt immer noch am Schreibtisch. Als ich die Tür öffne, blickt er auf.

„Was willst du denn schon wieder?"

„Kann ich bitte mal telefonieren?"

„Ich habe dir heute Morgen schon gesagt, das Patiententelefon ist im Aufenthaltsraum!"

Mehr wollte ich nicht hören. Immer noch verwirrt, aber auch ein wenig beruhigt kehre ich in den Aufenthaltsraum zurück. Doch dieses Gefühl hält nicht lange an. Als ich zufällig aus dem Fenster sehe, zucke ich zusammen: Draußen im Park gehen ein Creeper und ein Zombie spazieren!

Oh, bitte nicht schon wieder. Ich kneife die Augen zusammen, zähle bis drei und öffne sie wieder. Erleichtert stelle ich fest, dass der Creeper und der Zombie in Wirklichkeit Karl und Sir William sind. Sie scheinen angeregt zu diskutieren. Als ich mich gerade frage, wie sie dort ohne Begleitung des Klinikpersonals hingekommen sind, sehe ich Schwester Christa und einen Pfleger auf sie zulaufen.

Ein Schauer läuft mir über den Rücken, als ich den Mann wiedererkenne: Es ist der muskulöse Glatzkopf, der mich in meinem Traum festgehalten hat.

Mir entfährt ein Stöhnen. Ich habe das Gefühl, den Halt zu verlieren, und setze mich auf einen Stuhl.

„Ist dir nicht gut?", fragt die alte Frau im Rollkragenpullover, die am Nachbartisch immer noch Karten spielt.

Ich schüttele den Kopf, halb um zu verneinen, halb um das Durcheinander darin zu ordnen.

„Der Pfleger da draußen, wie heißt der?", frage ich.

„Du meinst Bertram?"

„Ja, genau."

„Was ist mit ihm?"

„Nichts. Ich wollte bloß seinen Namen wissen."

„Er heißt Bertram", erklärt die Frau und wendet sich wieder ihrem Kartenspiel zu.

Kurz darauf kommen Schwester Christa, Karl, Sir William und Bertram durch die Tür, die zum Dienstzimmer führt. „Das war das letzte Mal, dass ich solch einen Ungehorsam dulde!", schimpft die Schwester. „Nächstes Mal kommt ihr beide ins Beruhigungszimmer!"

„Das melde ich meinen Vorgesetzten!", gibt Sir William zurück. „Das wird Konsequenzen haben! Sie werden schon sehen! Immerhin genieße ich diplomatische Immunität!"

„Pssst!", macht der Mann auf dem Sofa. „Es läuft gerade ein Film!"

„Den kenn' ich schon!", erwidert Sir William, setzt sich aber trotzdem zu den anderen auf einen Sessel.

„Wenn du was vorsagst, spucke ich dir ins Abendessen!", sagt die Frau auf dem Sofa.

Die Schwester und der Pfleger verlassen den Raum. Karl zwinkert mir zu und setzt sich zu mir an den Tisch. „Alles okay?"

„Wie ... wie seid ihr nach draußen gekommen?", frage ich.

„Durch die Tür, wie sonst?"

„Ich meine, die ist doch abgeschlossen, oder? Braucht man nicht eine Karte, um sie zu öffnen?"

Karl greift auf den Nebentisch, nimmt eine der Spielkarten, die dort auf einem Stapel liegen, und reicht sie mir. Es ist eine Herzdame. „Hier hast du eine Karte."

„He, Herz ist Trumpf!", protestiert der Herr mit dem Hut. Karl ignoriert ihn einfach.

Verwirrt starre ich die Spielkarte an. Mit ihrem langen, dunklen Haar ähnelt die Dame ein wenig Amelie. Ich stecke die Karte ein.

Karl grinst. „Hab Vertrauen! Alles wird gut!"

„Als wir zusammen *Mensch ärgere dich nicht* gespielt haben, war das heute Morgen?", frage ich.

„Zeit ist relativ", antwortet Karl kryptisch. „Wenn du ein Buch liest, dann vergehen manchmal Jahre in Minuten. Legst du es aus der Hand, bleibt die Zeit stehen. Jedenfalls in dem Buch."

Ich schüttele den Kopf. Ob es nun von Dr. Johannsen beabsichtigt ist oder nicht, wenn ich zu viel Zeit mit den Insassen dieser Nervenklinik verbringe, werde ich wirklich noch verrückt. Also kehre ich in mein Zimmer zurück und versuche, mir einen Reim auf das alles zu machen. Wieso bin ich hier? Warum hat mich meine Mutter in Dr. Johannsens Klinik zurückgelassen? Was hat er ihr erzählt? Dass ich verrückt bin?

Bin ich verrückt?

Auf jeden Fall habe ich Halluzinationen und Träume, die sich viel zu real anfühlen. Irgendwas stimmt mit mir nicht, das ist offensichtlich. Es muss sich um Nachwirkungen des Komas handeln. Vielleicht ist es ja besser, wenn ich eine Weile hierbleibe. Möglicherweise sind meine Sorgen unbegründet und Dr. Johannsen will mich bloß heilen. Doch mein ungutes Gefühl bleibt.

Ich versuche, mich ein wenig abzulenken, und lese in der *Unendlichen Geschichte* von Atréjus Suche nach einem Heilmittel gegen das unheimliche Nichts, das die Welt Phantásien auffrisst, und von Bastian, dem Jungen, der heimlich auf dem Dachboden seiner Schule sitzt und noch nicht ahnt, wie tief er in die Geschichte verstrickt ist, die er gerade liest.

Gegen sechs klopft es an der Tür und Elfie steckt ihren Kopf herein.

„Möchtest du zum Abendbrot kommen?“

Aufgrund des ausgefallenen Mittagessens habe ich großen Hunger, so dass ich Sir Williams Warnungen vor Drogen im Essen ignoriere und mir sogar das vertrocknete Graubrot mit Käse und Salami schmeckt, das uns serviert wird. Nach dem Abendessen kommt Schwester Christa in den Aufenthaltsraum und verkündet, dass heute zu Ehren „unseres neuen Gastes“ – damit meint sie mich – ein Spieleabend veranstaltet wird. Allerdings scheint diese Ankündigung niemanden besonders zu begeistern. Der Grund wird mir klar, als Schwester Christa uns die Spiele erklärt.

Das erste Spiel heißt „Suchen“. Vor unseren Augen „versteckt“ die Pflegerin Schokoladeneier im Aufenthaltsraum. Dann wird jeder nacheinander aufgefordert, ein Ei zu suchen. Wenn man nicht sofort zielstrebig zu einem der Verstecke geht, hilft einem die Schwester mit Hinweisen wie „warm“ und „kalt“. Hat man ein Ei gefunden, klatschen alle pflichtschuldig Beifall.

Ich stelle mich absichtlich dämlich an und tue so, als wüsste ich nicht, dass das Ei, das Schwester Christa mir zugedacht hat, unter dem Sofakissen liegt.

„Kalt!“, zischt sie genervt. „Kälter! Wenn ich ‚kälter‘ sage, dann musst du in der anderen Richtung suchen!“

Als auch die anderen Patienten anfangen, mir Tipps zu geben, beende ich die Scharade und hole das Ei hervor, wofür ich von allen Applaus ernte. Das nächste Spiel ist noch dämlicher: Topfschlagen. Anders, als ich es von früheren Kindergeburtstagen kenne, werden dabei nicht etwa einem der Patienten die Augen verbunden. Stattdessen setzen wir uns alle im Kreis auf den Boden. In der Mitte steht der Topf. Jeder bekommt einen Kochlöffel, und dann müssen wir reihum auf den Topf schlagen, und zwar jeder genau einmal mehr als sein Vordermann.

Auch diesmal halte ich mich nicht an die Spielregeln. Als ich an der Reihe bin und Elfie, die neben mir sitzt, sechsmal auf den Topf geschlagen hat, höre ich nach drei Schlägen auf. Alle starren mich an.

„Bist du denn schon fertig?“, fragt Schwester Christa. Als ich nicht reagiere, ruft sie in die Runde: „Wer hat mitgezählt? Wie oft muss der Marko noch auf den Topf schlagen?“ Mehrere Hände schießen in die Höhe, darunter auch Elfies.

Mir reicht's. „Viel Spaß noch!“, sage ich und schleudere den Kochlöffel gegen die Wand.

„Sp... spppp... Pielverderber!“, ruft mir der junge Mann mit dem aufgedunsenen Gesicht nach. Die anderen schweigen, als ich den Raum verlasse und auf mein Zimmer gehe. Halb erwarte ich, dass Schwester Christa und der Pfleger kommen und mich wegen meines Ungehorsams ins Beruhigungszimmer zerren, doch sie lassen mich in Ruhe.

Ich muss hier raus! Aber wie? Der Griff des Fensters ist abmontiert, so dass es sich nicht öffnen lässt. Ich könnte es einschlagen, aber der Lärm würde sofort einen Pfleger auf den Plan rufen. Außerdem ist der Park da draußen sicher umzäunt. Ich erinnere mich, dass wir durch ein großes Gittertor gefahren sind, als wir herkamen. Ich zermartere mir das Gehirn, finde jedoch keine Lösung.

Immer wieder wandern meine Gedanken zu Amelie. Hat die Tatsache, dass sie sich seit Sonntag nicht mehr gemeldet hat, etwas damit zu tun, dass ich hier festgehalten werde? Steckt sie in ähnlichen Schwierigkeiten? Wenn ja, dann muss ich ihr irgendwie helfen.

Draußen wird es allmählich dunkel, aber ich bin kein bisschen müde. Unruhig gehe ich in meinem kleinen Zimmer auf und ab wie ein Tiger im Käfig. Irgendwann halte ich es nicht mehr aus und öffne leise die Tür zum Flur, der unbeleuchtet und still ist. Auch der Aufenthaltsraum ist leer. Nur der Fernseher läuft wie immer. Ich durchquere den Raum und betrete den kurzen Gang auf der anderen Seite. Das Dienstzimmer hinter der Glastür ist dunkel.

Ein starkes Déjà-vu-Gefühl befällt mich. Es ist alles genau wie in dem Traum von heute Nachmittag! Die Glastür ist verschlossen, wie ich es erwartet habe. Allerdings erscheint kein Sir William, um mir beim Schlossknacken zu helfen, und ich habe nichts bei mir, mit dem ich es selbst versuchen könnte.

Aufs Geratewohl drücke ich gegen die Tür am Ende des Ganges – hätte ja sein können, dass sie nur angelehnt ist. Aber das ist sie natürlich nicht. Nachdenklich betrachte ich den Magnetkartenleser daneben. In manchen Actionfilmen haben die Helden eine Art Taschenrechner, den sie damit verbinden und der dann automatisch den richtigen Code findet, um die Tür zu öffnen. Aber ich bin leider kein Actionheld. Alles, was ich habe, ist eine Spielkarte, die mir ein Patient gegeben hat, der sich für Gott hält.

Ach, was soll's. Ich hole die Karte hervor und ziehe sie von oben nach unten durch den Magnetkartenleser.

Ein grünes Licht glüht und die Tür springt auf.

Ohne mich zu rühren, starre ich mindestens eine Minute lang auf die einen Spalt weit geöffnete Tür. Das kann nicht sein! Das *darf* nicht sein! Ich kann doch nicht schon wieder träumen! War ich überhaupt jemals wach? Ist mein ganzes Leben am Ende nichts als eine Illusion?

Genervt beschließe ich, nicht mehr darüber nachzudenken, was wirklich ist und was nicht. Als ich in der Würfelwelt gefangen war, hatte ich zu Anfang auch keine Ahnung, dass die Welt irreal war. Ich habe mich einfach so verhalten, als ob alles echt wäre, und dadurch am Ende den Ausgang gefunden. Oder jedenfalls den Weg in diese Welt, wo auch immer ich jetzt bin. Wenn ich hier weiterkommen will, muss ich es genauso machen - nicht denken, einfach handeln!

Also trete ich durch die Tür in einen weiteren Korridor. Als ich sie hinter mir zudrücke, entdecke ich ein Schild, das darauf angebracht ist:

Geschlossene Station - Sicherheitshinweise beachten!

1. *Betreten nur in Begleitung eines Mitglieds des Pflegepersonals gestattet*
2. *Beruhigungsinjektion griffbereit halten*
3. *Patienten nicht reizen, nicht widersprechen*
4. *Renitente Patienten ruhigstellen und ins Beruhigungszimmer überführen*
5. *Gewalt nur im Notfall anwenden!*

Das klingt, als wären wir Patienten wilde Tiere! Kaum habe ich das gedacht, geht hinter mir eine Tür auf, und ein Geräusch wie das Wiehern eines Pferdes im Stimmbruch erklingt. Als ich herumfahre, steht dort ein hässlicher großer Vogel mit grauem Gefieder und einem nackten rosa Kopf, von dem ein langer Hautlappen über den Schnabel herabhängt wie ein Rüssel. Ein Truthahn! Erneut stößt das Tier dieses seltsame, schnaubende Geräusch aus, das irgendwie vorwurfsvoll klingt, und blickt mich aus schwarzen Augen böse an.

Wollte ich nicht gerade aufhören, an allem zu zweifeln, was ich sehe? Leichter gesagt als getan.

„Guten Abend, Schwester Christa!", sage ich. „Ich muss jetzt leider gehen. Auf Wiedersehen!"

Der Vogel trompetet empört, macht jedoch keinen Versuch, mich aufzuhalten, als ich mich an ihm vorbei in den Empfangsbereich der Klinik dränge.

Die Rezeption ist unbesetzt. Links führt eine große Glastür nach draußen zum Parkplatz und zu der schmalen Straße, die vom Tor hier heraufführt. Die Glastür ist unverschlossen.

Kühle Nachtluft schlägt mir entgegen. Ein fahler Mond beleuchtet die Gegend. Ich habe keine Ahnung, wo ich hier bin und wie ich nach Hause kommen soll, aber dieses Problem kann ich später lösen. Erst mal muss ich das Klinikgelände verlassen.

Aus dem Gebäude hinter höre das empörte Trompeten des Truthahns. Ich beschleunige meine Schritte. Das Gittertor am Ende der Auffahrt ist geöffnet, doch kurz bevor ich es erreiche, erklingt hinter mir ein tiefes Knurren. Ich fahre herum. Eine riesige Dogge steht mit gefletschten Zähnen hinter mir. Ihre Augen funkeln drohend im Mondlicht.

„Platz, Bertram!", kommandiere ich. „Platz!"

Der Hund denkt nicht daran, mir zu gehorchen, sondern knurrt mich weiter an. Mit einem Truthahn fertigzuwerden ist kein großes Problem, doch diese Dogge kann mich in Stücke reißen, da mache ich mir keine Illusionen. Weglaufen ist auch keine Lösung, denn der Hund ist viel schneller als ich.

Zu allem Überfluss höre ich nun hinter mir ein leises Zischen. Ich blicke über die Schulter und bin nicht einmal mehr sonderlich überrascht, einen Creeper in der Auffahrt der Klinik stehen zu sehen. Jetzt wäre vielleicht ein guter Zeitpunkt, aus diesem absurden Traum aufzuwachen. Ich schließe die Augen und öffne sie wieder, doch alles ist wie zuvor, außer dass das Zischen immer lauter wird.

Ich mache einen Hechtsprung zur Seite zwischen zwei parkende Autos. Einen Sekundenbruchteil später explodiert der Creeper. Die Scheiben der Autos zersplittern und überschütten mich mit unregelmäßigen Glasstückchen. Mehrere Alarmanlagen hupen. Als ich mich aufrappele, nimmt die Dogge jaulend Reißaus. Von dem Creeper ist nichts übrig.

Ich klopfe mir die Glassplitter von der Kleidung und spaziere unbehelligt durch das Gittertor der Klinik.

10.

Die Nervenklinik liegt in einem Wohngebiet voller Luxusvillen. Die nächtlichen Straßen sind leer. Ich habe kein Geld dabei und kein Handy, um mir ein Taxi zu rufen. Also bleibt mir nichts übrig, als zu Fuß zu gehen, ohne zu wissen, in welche Richtung ich mich eigentlich bewege. Ich versuche, nicht darüber nachzudenken, dass ich nur dank der Explosion eines Creepers entkommen bin, der eine Dogge namens Bertram in die Flucht geschlagen hat. Manchmal habe ich das Gefühl, dass sich in den Schatten links und rechts von mir etwas bewegt. Wenn ich mich danach umsehe, erwarte ich unwillkürlich, ein Skelett oder einen Zombie zu sehen, vielleicht auch einen Enderman. Doch ich bleibe unbehelligt.

Endlich erreiche ich eine belebte Hauptstraße. Als ich ein Taxi mit leuchtendem Schild auf mich zukommen sehe, winke ich. Der Wagen hält. Am Steuer sitzt ein älterer Mann ausländischer Herkunft.

„Bist du nicht ein bisschen jung, um zu dieser Zeit allein hier herumzulaufen?“, fragt er, als ich einsteige.

Anstatt darauf einzugehen, nenne ich ihm nur unsere Adresse, woraufhin er wortlos den Taximeter anstellt und losfährt. Ich kann nur hoffen, dass Mam mir keinen Ärger macht. Aber sie würde es bestimmt nicht wollen, dass ich gegen meinen Willen, ohne Kontakt zu ihr, in dieser Klinik bleiben muss. Wahrscheinlich hat ihr dieser Dr. Johannsen irgendeinen Unfug erzählt. Sie denkt bestimmt, dass sie mich in der Klinik gut behandeln und mir nur helfen wollen.

Endlich hält der Wagen vor unserem Haus. „Das macht dann vierundzwanzig fünfzig“, sagt der Fahrer.

„Ich habe kein Geld bei mir“, gestehe ich. „Warten Sie

bitte hier. Ich hole es nur kurz aus dem Haus."

Der Fahrer sieht mich im Rückspiegel finster an. „Den kenne ich schon! Ich sag dir was: Wir beide gehen gemeinsam da rein. Wenn du versuchst, abzuhauen, fahre ich dich kostenlos zur Polizei. Kapiert?"

„Ja, okay."

Er stellt den Motor ab und wir steigen beide aus. Ich klingele, doch niemand öffnet.

Der Taxifahrer sieht mich finster an. „Und jetzt?"

„Meine Mam scheint zu schlafen", stammele ich. „Haben Sie vielleicht ein Handy?"

Er grummelt etwas, holt aber ein altmodisches Gerät hervor. Ich nenne ihm unsere Nummer. Er hält das Handy eine Weile ans Ohr. „Anrufbeantworter", sagt er schließlich und legt auf. „Hast du wenigstens einen Ausweis dabei oder so?"

„Leider nein. Bitte, Sie müssen mir glauben! Ich wohne wirklich hier. Sie bekommen Ihr Geld, das verspreche ich. Ich muss nur irgendwie meine Mam wecken."

„Und wenn sie nicht zuhause ist, was dann?"

„Wo sollte sie denn sonst sein?"

„Woher soll ich denn das wissen?" Er sieht mich kritisch an. „Was ist das hier eigentlich für 'ne Nummer? Du bist doch irgendwo ausgerissen, oder?"

„Nein, ehrlich, ich … ich war auf einer Party, und …"

„Spar dir die faulen Ausreden! Ich sag dir was: Du erzählst mir jetzt, was wirklich los ist, und dann sehe ich, ob ich dir helfen kann. Ich bin ja kein Unmensch. Ich hab selbst schon ein paar Fehler im Leben gemacht. Aber du musst ehrlich zu mir sein, sonst kann ich nichts für dich tun!"

„Also gut …", beginne ich, doch er unterbricht mich.

„Am besten, wir setzen uns in den Wagen. Hier in der Kälte herumzustehen ist ziemlich ungemütlich."

Ich setze mich auf den Beifahrersitz des Taxis und beginne, zu erzählen: „Da ist dieses Mädchen in unserer Schule. Amelie. Sie hat sich immer merkwürdig verhalten. Eines Tages habe ich sie angesprochen ..."

Der Taxifahrer hört mir aufmerksam zu. Ich bin so vertieft in meine Erzählung, dass ich das Blaulicht hinter uns erst bemerke, als der Krankenwagen direkt vor unserem Haus hält. Erschrocken drehe ich mich um. Zwei Männer steigen aus. Einer der beiden ist Pfleger Ralf.

Unwillkürlich rutsche ich im Sitz tief nach unten. „Fahren Sie los, bitte!"

Der Fahrer dreht sich ebenfalls um. „Sind die Typen da wegen dir hier?"

„Ja. Bitte glauben Sie mir, die haben mich gegen meinen Willen in dieser Klinik festgehalten! Der Psychiater, Dr. Johannsen, steckt mit dem Stiefvater von Amelie unter einer Decke! Ich weiß nicht, wo meine Mutter ist, aber ich bin sicher, sie hat keine Ahnung, was die mit mir gemacht haben."

Der Fahrer sieht mich kritisch an. „Hör mal, Junge, das kann ich nicht machen. Offensichtlich stimmt was nicht mit dir. Ich bin Taxifahrer, kein Arzt. Deine Geschichte von diesem Mädchen, das von ihrem Stiefvater misshandelt wird, und dann die seltsamen Dinge, die du angeblich im Koma erlebt hast – es tut mir leid, aber das geht alles über meinen Horizont. Wir beide gehen jetzt da raus und reden mit diesen Leuten. Ich bin sicher, die wollen dir nichts Böses!"

Ehe ich widersprechen kann, öffnet er die Tür und steigt aus.

Mein Blick fällt auf die Geldbörse, die er in die Ablage zwischen den Vordersitzen gelegt hat. Der freundliche Taxifahrer hat es nicht verdient, aber ich habe keine andere Wahl. Also ziehe ich rasch ein paar Geldscheine heraus, stopfe sie in meine Tasche und steige ebenfalls aus.

„Da ist der Bengel!“, ruft Ralf. „Los, schnappen wir ihn uns!“

„Moment, nicht so schnell!“, ruft der Taxifahrer. „Erst will ich wissen, was hier eigentlich ...“

Die beiden Pfleger ignorieren ihn und kommen langsam auf mich zu. „Ganz ruhig, Junge“, sagt der zweite Pfleger, ein großer Mann mit blonden Haaren. Er hat eine Spritze in der Hand. „Alles wird gut, glaub mir!“

„Es tut mir leid!“, rufe ich dem Taxifahrer zu. „Ich zahle alles zurück! Ehrenwort!“ Dann sprinte ich los.

Hinter mir höre ich laute Stimmen: „Augenblick mal! Wer sind Sie eigentlich und was wollen Sie von dem Jungen?“

„Gehen Sie aus dem Weg, Sie Idiot! Das ist ein medizinischer Notfall!“

„Nun mal langsam, erst ... He, was soll das? Sie können mir doch nicht einfach eine Spritze ...“

Den Rest der Auseinandersetzung bekomme ich nicht mehr mit, denn in diesem Moment biege ich in eine Seitenstraße ein. Rechts ist eine Einfahrt zu einem Hinterhof, an den auch unser Haus angrenzt. Meine Mam hat hier einen Parkplatz gemietet. Als ich quer durch den Innenhof renne, sehe ich, dass ihr Wagen nicht da ist. Ich verstecke mich hinter ein paar Mülltonnen - keine Sekunde zu früh.

„Wo ist der Bengel hin?“, höre ich die Stimme des unbekannten Pflegers draußen vor der Hofeinfahrt.

„Keine Ahnung", erwidert Ralf. „Der ist uns wohl entwischt. Dieser blöde Taxifahrer! Aber musstest du ihm gleich 'ne Dosis Fentanyl verpassen? Wenn der aufwacht, macht er uns bestimmt einen Höllenärger."

„Quatsch, der weiß doch gar nicht, wer wir sind. Also halt die Klappe und such!"

„Okay. Du gehst da lang, ich seh mir mal diesen Innenhof an."

Ralf betritt den Hof. Nur zehn Meter entfernt bleibt er stehen und sieht sich um. Mein Herz klopft so laut, dass ich sicher bin, er kann es hören.

„Komm raus, Junge!", ruft der Pfleger. „Ich weiß, dass du hier bist. Ich verspreche dir, wir werden dir nichts tun."

Lautlos hocke ich im Schatten der Mülltonnen. Wenn er auch nur ein paar Schritte in meine Richtung macht, bin ich geliefert. Links von mir nehme ich eine Bewegung wahr. Eine schwarze Katze kommt auf mich zu. Ihre Augen scheinen violett zu glühen, aber das ist bestimmt nur eine Reflexion der Lichter des Gebäudes neben mir.

Verschwinde! Ich traue mich nicht, das Wort laut auszusprechen, also denke ich es nur, so intensiv ich kann. Die Katze bewegt ihren Schwanz hin und her, während sie langsam näherkommt. Dabei stößt sie eine Konservendose an, die aus einer der Mülltonnen gefallen ist und nun laut über den Asphalt kollert. Natürlich zieht das sofort die Aufmerksamkeit des Pflegers an.

Ich versuche, das Tier zu verscheuchen, indem ich es anstarre und leise zwischen den Zähnen hindurch zische. Die Katze hält inne und starrt mich mit schief gelegtem Kopf an. Ich zische etwas lauter. Dabei wird mir auf einmal bewusst, dass mein Zischen dem Geräusch eines Creepers kurz vor der Explosion ähnelt.

Die Katze sträubt ihr Fell, macht einen Satz rückwärts und flieht quer über den Innenhof, wobei sie fast gegen die Beine des Pflegers läuft, der erschrocken aufschreit.

„Was ist los?", ruft der andere Pfleger von der Einfahrt her. „Hast du ihn?"

„Nein. War bloß so 'ne dämliche Katze."

„Dann komm jetzt und hilf mir hier draußen suchen. Weit kann er ja nicht sein."

Ralf verschwindet. Ich atme erleichtert aus, bleibe jedoch noch eine Weile in meinem Versteck und beobachte die Fenster unserer Wohnung. Sie bleiben dunkel. Irgendwann höre ich in der Ferne Türen klappen und das Geräusch eines Motors.

Endlich löse ich mich aus meiner Starre. Meine Glieder schmerzen vom langen, reglosen Hocken in der unbequemen Position. Ich überlege, ob ich die Nachbarn fragen soll, wo meine Mutter ist. Doch ich ahne, dass mir das höchstens neue Scherereien einbringen würde. Was immer hier vorgeht, ich sollte besser niemandem trauen.

Was dann? Ich könnte hier bleiben und warten. Mam muss ja irgendwann wieder nach Hause kommen. Aber was, wenn die Pfleger wiederkommen oder vielleicht gar die Polizei alarmieren? Zu meinem Vater zu fahren, der in einer anderen Stadt zwei Autostunden entfernt wohnt, scheidet ebenfalls aus. Wie ich ihn kenne, würde er mir nicht glauben und Dr. Johannsen anrufen. Ich habe ein paar Freunde in der Nachbarschaft, aber deren Eltern würden es kaum dulden, wenn ich mich dort länger verstecke.

Bleibt noch Amelie. Wenn sie noch bei ihren Großeltern in den Bergen ist, wäre ich dort in Sicherheit. Die werden mich sicher nicht an die Nervenklinik ausliefern. Und falls sie nicht mehr da ist, finde ich auf diese Weise vielleicht heraus, wo sie steckt und warum sie sich nicht meldet.

Aber wie komme ich dort hin? Ich weiß nur, dass Amelies Großeltern auf einem einsamen Bauernhof in den Bergen leben, in der Nähe eines Ortes namens Hindingen. Ich habe keine Ahnung, wie weit es bis dahin ist, aber auf jeden Fall mehrere hundert Kilometer.

Ich gehe zur nächsten Bushaltestelle und nehme den Nachtbus bis zum Hauptbahnhof. Es ist kurz vor Mitternacht, als ich dort eintreffe. Von dem Geld, das ich dem Taxifahrer geklaut habe, kaufe ich mir mit ziemlich schlechtem Gewissen eine Fahrkarte. Ich habe keine Ahnung, wie ich es ihm wieder zurückzahlen soll – ich weiß ja nicht einmal, wie er heißt.

Der Zug fährt erst am nächsten Morgen. Da ich Angst habe, die Abfahrt zu verschlafen oder vom Bahnhofspersonal aufgegriffen zu werden, wenn ich die Nacht über allein irgendwo herumsitze, wandere ich ziellos umher und versuche, so auszusehen, als wäre ich gerade auf dem Weg nach Hause.

Am frühen Morgen rufe ich von einer Telefonzelle aus meine Mutter an, erreiche aber nur den Anrufbeantworter. Ich spreche ihr eine kurze Nachricht aufs Band: „Hallo Mam, hier ist Marko. Mir geht es gut, mach dir bitte keine Sorgen. Ich traue diesem Dr. Johannsen nicht, also bin ich aus seiner Klinik abgehauen. Ich melde mich von unterwegs."

Allzu viel Geld habe ich nicht mehr übrig, aber es reicht noch für ein Sandwich und eine Cola zum Frühstück. Als ich endlich im Abteil sitze und der Zug sich in Bewegung setzt, atme ich erleichtert aus. Nachdem der Schaffner meine Karte kontrolliert hat, fallen mir vom gleichmäßigen Rattern der Schienen die Augen zu.

11.

Rattatat, rattatat, rattatat ... Die Schienen klappern unter der Lore, während ich durch ein von Fackeln beleuchtetes Bergwerk rase. Amelie sitzt in einer zweiten Lore nur ein paar Meter vor mir. Ich versuche, mich ihr zu nähern, doch sie jagt mit derselben Geschwindigkeit durch den Stollen wie ich.

Die Schienen knicken plötzlich in steilem Winkel nach unten ab. Mein Magen rebelliert, als ich für einen Moment nahezu schwerelos bin.

„Amelie!", rufe ich. „Amelie, halt an! Ich muss mit dir reden!" Doch entweder hört sie mich nicht, oder sie ignoriert mich absichtlich.

Wir kommen an eine Weiche. Amelie biegt links ab, ich selbst rase geradeaus weiter. Wie ist das möglich? Da war doch kein Schalter, oder? Ich sehe ihr nach, wie sie sich ein paar Blöcke von mir entfernt, bevor ihre Strecke eine Rechtskurve macht. Jetzt rasen wir parallel durch eine riesige unterirdische Höhle.

„Amelie!", brülle ich, so laut ich kann.

Sie dreht den Kopf zu mir. Erst jetzt wird mir bewusst, dass sie nicht wie eine Minecraft-Figur aussieht - sie ist ein ganz normaler Mensch mitten in der Würfelwelt. Ein sehr trauriger Mensch.

Sie sagt etwas.

„Was?"

„Wach auf!", ruft sie mir zu.

Ich verstehe nicht, was sie meint, habe aber auch keine Zeit, darüber nachzudenken. Als ich wieder nach vorne sehe, erkenne ich, dass wir beide auf einen tiefen Abgrund zurasen, an dessen Grund Lava brodelt. Während ihr

Schienenstrang auf einer Brücke weiterführt, endet meiner abrupt in der Mitte der Schlucht.

„Wach auf, Marko!", ruft sie ein letztes Mal. „Wach auf!"

Ich will etwas antworten, irgendwas, doch die Kehle ist mir zugeschnürt, als meine Lore in den feurigen Abgrund stürzt.

„Wach auf, Mann!"

„Was?" Ich schrecke hoch. Meine Wange kribbelt. Ich habe ziemlich unbequem mit dem Kopf gegen das Fenster gelehnt.

Ein junger Typ sitzt mir gegenüber, nur ein paar Jahre älter als ich. Er hat braunes Haar, das er nach oben gekämmt hat. Ich habe das Gefühl, ihn zu kennen, kann mich aber nicht erinnern, woher.

„Tut mir leid, wenn ich dich geweckt habe, aber ich dachte, dir geht's vielleicht nicht gut. Du hast so komisch gestöhnt."

„Was? Entschuldige ... ich habe schlecht geträumt." Ich sehe auf die Uhr. Erleichtert stelle ich fest, dass ich nur eine gute Stunde geschlafen habe. Es ist noch Zeit genug bis zum Zielbahnhof.

„Kenn ich", sagt er und wendet sich wieder dem Laptop auf seinen Knien zu. Seine Finger klappern in beeindruckender Geschwindigkeit darauf herum.

Bilder meines Traums ziehen durch meinen Kopf und verblassen, ehe ich sie richtig festhalten kann. Da war Amelie ... Sie hat mir etwas gesagt ... Ich strecke mich und trinke einen Schluck Cola. Dabei fällt mein Blick auf das schwarze T-Shirt, das der Typ gegenüber trägt. Es zeigt eine Anordnung von Kästchen mit Buchstaben und rechteckigen Abbildungen, so ähnlich wie das

Periodensystem der Elemente im Chemieraum unserer Schule. Doch als ich genauer hinsehe, erkenne ich vertraute Formen darauf. Es sind nicht die gewöhnlichen chemischen Elemente, die in der Tabelle gezeigt werden, sondern Minecraft-Blöcke.

„Entschuldige, ich ... dein T-Shirt ... du spielst Minecraft?“

Er grinst. „Klar. Du auch?“

Ich weiß nicht recht, was ich darauf antworten soll. Ich kann ihm ja schlecht erzählen, dass ich vor kurzem noch dachte, tatsächlich in der Minecraft-Welt zu leben. Also nicke ich bloß.

„Ich mache Let's Play-Videos auf Youtube“, erzählt er. „Du weißt, was das ist, nehme ich an?“

Jetzt weiß ich, wieso er mir bekannt vorkam. „Concrafter?“

„Du kennst mich?“

„Klar! Du warst doch beim Minecraft Mega-Projekt dabei.“

„Stimmt. Ist aber schon 'ne Weile her.“

„Ich bin nicht mehr ganz auf dem neusten Stand. Ich war eine Zeitlang im Krankenhaus.“

„Oh. Was Ernstes?“

„Ich hatte ... einen Unfall. War eine Weile bewusstlos.“

„Aber jetzt geht es dir wieder gut?“

„Ja, glaub schon.“ Während ich das sage, fällt mein Blick auf den Gang. Draußen vor unserem Abteil steht ein Creeper und starrt durch die Glasscheibe herein.

Concrafter folgt meinem Blick. „Waaas?“, ruft er. „Das ... das gibt's doch nicht! Ein Creeper! Das kann doch nicht ...“

„Siehst du den etwa auch?“

„Oh Mann! Ich glaub's ja nicht! Ist das ein Scherz oder

was? Ich hab mich zu Tode erschrocken!“ Er sieht sich um, als suche er etwas. „Okay, ihr habt mich drangekriegt, Leute. Komm schon, wo ist die versteckte Kamera? Das …“

Es gibt einen gewaltigen Knall. Glassplitter fliegen durch die Luft wie Gewehrkugeln. Ich schreie.

„Wach auf, Mann!“

„Was?“ Ich schrecke hoch. Meine Wange kribbelt. Ich habe ziemlich unbequem mit dem Kopf gegen das Fenster gelehnt.

Ein junger Typ sitzt mir gegenüber, nur ein paar Jahre älter als ich. Er hat braunes Haar, das er nach oben gekämmt hat.

„Tut mir leid, wenn ich dich geweckt habe, aber ich dachte, dir geht's vielleicht nicht gut. Du hast so komisch gestöhnt.“

Verwirrt sehe ich mich in dem Abteil um. „Concrafter?“

„Du kennst mich?“

Ich nicke bloß. „Ich … ich muss geträumt haben …“

„Ja, offensichtlich.“

„Ich bin Marko.“ Ich werfe einen misstrauischen Blick auf den Gang, aber natürlich ist da kein Creeper. Diese Halluzinationen sind ganz schön verwirrend.

„Geht's dir gut?“, fragt Concrafter.

„Ja. Bin bloß noch ein bisschen verwirrt wegen meines Alptraums.“

„Kenn ich.“ Er wendet sich wieder seinem Laptop zu und tippt in Rekordgeschwindigkeit.

Ich starre aus dem Fenster und versuche, nachzudenken. Hat es etwas zu bedeuten, dass einer der bekanntesten Minecraft-Youtuber hier in meinem Abteil ist?

Bevor ich zu einer Meinung komme, ruft Concrafter:

„Waaas? Das ... das gibt's doch nicht! Ein Creeper! Das kann doch nicht ..."

Ich fahre herum. Da steht tatsächlich das Monster aus meinem Traum im Gang und starrt uns an.

„Oh Mann! Ich glaub's ja nicht!", ruft Concrafter. „Ist das ein Scherz oder was? Ich hab mich zu Tode erschrocken!" Er sieht sich um, als suche er nach etwas. „Okay, ihr habt mich drangekriegt, Leute. Komm schon, wo ist die versteckte Kamera? Das ..."

Es gibt einen gewaltigen Knall. Glassplitter fliegen durch die Luft wie Gewehrkugeln. Ich schreie auf.

„Wach auf, Mann!"

„Was?" Ich schrecke hoch. Meine Wange kribbelt. Ich habe ziemlich unbequem mit dem Kopf gegen das Fenster gelehnt.

„Tut mir leid, wenn ich dich geweckt habe, aber ich dachte, dir geht's vielleicht nicht gut. Du hast so komisch gestöhnt."

Oh nein, bitte nicht! Das hier kann doch wohl keine Zeitschleife sein wie in diesem Film mit dem Murmeltier, oder?

„Geht's dir gut?", fragt Concrafter.

Ich starre ihn an, ohne zu wissen, was ich darauf antworten soll.

„Brauchst du Hilfe? Soll ich den Schaffner rufen?"

Nachdem ich den Kloß in meiner Kehle heruntergeschluckt habe, schüttele ich den Kopf. „Wir sind in einem Traum", stelle ich fest.

Concrafter runzelt die Stirn. „Wie bitte?"

„Das hier ist nicht real. Du bist nicht wirklich hier."

„Du denkst, du träumst mich bloß? Na, dann hoffe ich

mal, dass es kein Alptraum ist." Er lacht.

„Ich fürchte, doch. Gleich kommt ein Creeper und starrt durch das Abteilfenster. Dann explodiert er und alles geht von vorne los."

„Ein Creeper?" Concrafters Gesicht hellt sich auf. „Ah, verstehe! Du kennst mich von Youtube, oder?"

„Ja. Du bist Concrafter."

„Stimmt auffallend. Du spielst also auch Minecraft?"

„Ja."

„Ist wirklich ein gutes Spiel. Man kann unendlich kreativ sein. Ich finde es faszinierend, was sich manche Leute alles einfallen lassen, um eine Adventure Map ..." Er stockt, als sein Blick auf den Gang fällt. „Waaas? Das ... das gibt's doch nicht! Da ist ja wirklich ein Creeper!" Er grinst. „Verstehe. Ihr nehmt mich auf den Arm, oder? Wer steckt dahinter? Gomme?" Er blickt sich um und sucht nach der versteckten Kamera. „Fast wär ich drauf reingefallen. Aber du hättest mich nicht vorwarnen sollen. Die Überraschung wäre noch viel größer gewesen, wenn ..."

Der Creeper explodiert.

„Wach auf, Mann!"

„Was?" Ich schrecke hoch. Meine Wange kribbelt. Ich habe ziemlich unbequem mit dem Kopf gegen das Fenster gelehnt.

„Tut mir leid, wenn ich dich geweckt habe, aber ich dachte, dir geht's vielleicht nicht gut. Du hast so komisch gestöhnt."

Ich sehe mich mit großen Augen um. Bin ich immer noch in einer Traumschleife gefangen? Aber ich habe das Gefühl, wirklich wach zu sein. Um das zu überprüfen, kneife ich mich.

„Bist du okay?“, fragt Concrafter. „Du siehst etwas blass aus.“

Ich antworte nicht, stehe auf und gehe hinaus auf den Gang. Kein Creeper. Sicherheitshalber wandere ich durch sämtliche Waggons des Zuges. Wenn hier irgendwo ein Minecraft-Monster ist, dann muss es sich auf einer Toilette versteckt haben.

Als ich wieder in mein Abteil zurückkehre, ist Concrafter dabei, auf seinem Laptop zu tippen. Ich verkneife mir die Frage, ob in der Zwischenzeit ein Creeper am Abteil vorbei gekommen ist, und setze mich.

„Nehmen wir an, du bist in einem Traum“, sage ich. „Du weißt, dass du träumst, aber du kannst nicht aufwachen. Und der Traum wiederholt sich immer, wie in einer Endlosschleife. Was würdest du tun?“

Mein Gegenüber sieht mich einen Moment lang verwirrt an, dann runzelt er die Stirn. „Interessante Frage. Kommt auf den Traum an. Wenn es ein guter Traum ist, würde ich ihn einfach genießen.“

„Und wenn nicht?“

„Woher weiß ich, dass ich träume?“

„Es passiert immer wieder dasselbe. Beispielsweise sitzen wir beide hier in diesem Abteil und reden, und plötzlich steht ein Creeper vor der Abteiltür und explodiert.“

„Das hast du geträumt?“

„Ehrlich gesagt befürchte ich, dass ich es gerade jetzt träume.“

Er lacht. „Und du unterhältst dich mit mir in deinem Traum, um herauszufinden, wie du daraus aufwachen kannst? Das ist echt abgefahren!“

„Kann sein. Aber wenn es so wäre, was könnte ich tun?“

„Hm. Wenn es dein Traum ist und du weißt, dass du träumst, dann könntest du den Traum doch verändern, oder? Du wärst praktisch allmächtig und könntest unmögliche Dinge tun, zum Beispiel durch Wände gehen oder fliegen."

Unwillkürlich drücke ich meine Hand gegen die Glasscheibe neben mir. Sie fühlt sich massiv an. Auch mein Versuch, per Gedankenkraft vom Sitz abzuheben und durch das Abteil zu schweben, verläuft erfolglos. Aber bedeutet das jetzt, dass ich doch nicht träume?

„Du hast einen Creeper erwähnt. Das heißt, du spielst Minecraft?"

„Ja. Ich kenne deine Let's Play-Videos. Du bist Concrafter."

„Stimmt. Und wie heißt du?"

„Marko. Also, wenn gleich ein Creeper vor dem Abteil erscheint, was würdest du tun?"

Er grinst. „Na, ihn umarmen, was sonst?" Er reißt die Augen auf. „Waaas? Das ... das gibt's doch nicht! Da ist ja wirklich ein Creeper!"

Ich stürze hinaus auf den Gang und schließe meine Arme um die eckige, grüne Gestalt. Trotz seines kantigen Aussehens fühlt sich der Creeper weich und warm an, wie ein lebendiges Wesen. Er macht ein Geräusch, das wie das Schnurren einer Katze klingt.

12.

Ich schrecke hoch. Meine Wange kribbelt. Ich habe ziemlich unbequem mit dem Kopf gegen das Fenster gelehnt.

Ein Mann in einem dunklen Anzug sitzt mir gegenüber, einen Laptop auf dem Schoß. Seine Augen sind auf den Computer gerichtet. Für einen Moment glaube ich, ein violettes Glimmen darin zu erkennen. Doch es ist bloß der Widerschein des Bildschirms, der sich in ihnen spiegelt.

Der Mann blickt auf. „Geht es dir gut? Du hast im Schlaf gestöhnt."

„Ich ... hatte einen Alptraum. Tut mir leid, wenn ich Sie gestört habe."

Er lächelt dünn. „Das macht nichts. Wohin fährst du denn?"

„Zu ... meinen Großeltern. In die Berge."

„Das ist eine lange Fahrt", stellt er fest.

„Ja", antworte ich nur. Die Landschaft, die draußen vorbeizieht, ist flach wie ein Handtuch. Meine Armbanduhr zeigt, dass wir erst eine Stunde unterwegs sind. Kaum zu glauben.

„Du hast gar kein Gepäck dabei?"

„Meine Großeltern haben alles, was ich brauche. Sie holen mich am Bahnhof ab."

„Verstehe." Der Mann wendet seine Aufmerksamkeit wieder dem Laptop zu. Während er tippt, bewegt er lautlos seine Lippen, als murmele er Zauberformeln.

Aus irgendeinem Grund fühle ich mich in seiner Gegenwart unwohl. Also stehe ich auf und wandere durch den Zug. Plötzlich bleibe ich wie angewurzelt stehen. In dem Abteil, an dem ich gerade zufällig vorbeikomme, sitzt

Concrafter! Er blickt kurz von seinem Laptop auf, sieht mich an und lächelt. Ich wende den Blick ab und gehe rasch weiter. Ist das ein Zufall? Habe ich ihn unbewusst wahrgenommen, als ich auf dem Bahnsteig stand, und ihn deshalb in meinen Traum eingebaut? Oder träume ich immer noch?

Schließlich setze ich mich zu einem älteren Ehepaar in ein anderes Abteil. Die beiden streiten sich die ganze Zeit, ohne mich zu beachten, genau wie meine Eltern kurz vor der Scheidung. Das kommt mir beruhigend normal vor.

Der Rest der Zugfahrt verläuft ohne Besuche von Creepern oder sonstige besondere Ereignisse. Ich muss einmal umsteigen, bevor ich endlich den Bahnhof von Hindingen erreiche.

Was nun? Irgendwie habe ich darauf vertraut, dass mir schon etwas einfällt, wenn ich erst einmal hier bin. Doch als ich in dem winzigen Bahnhofsgebäude stehe, habe ich keine Ahnung, wohin ich mich wenden soll. Ich habe noch ein paar Münzen in der Tasche, gerade genug, um in einer altmodischen Telefonzelle ein paar Telefongespräche zu führen.

Als Erstes versuche ich, Amelie zu erreichen, aber wieder erwische ich nur ihre Mailbox. Auch meine Mutter geht immer noch nicht ans Telefon. Ich spreche ihr eine Nachricht auf Band, in der ich behaupte, es ginge mir gut.

Vor dem Bahnhof entdecke ich einen Plan des Ortes. Hindingen scheint zum Glück nicht sehr groß zu sein. Mir fällt ein, dass Amelie mir ein Foto von sich geschickt hat, auf dem sie gerade dabei war, eine Kuh zu melken. Zu blöd, dass ich mein Handy nicht dabei habe. Ich weiß bloß noch, dass im Hintergrund ein großes Haus mit einem hölzernen Balkon und grün gestrichenen Fensterläden zu sehen war, daneben eine graue Scheune oder ein Stall. Nicht gerade die besten Anhaltspunkte, aber mir wird wohl nichts anderes übrig bleiben, als in der Gegend herumzulaufen und nach einem solchen Gebäude Ausschau zu halten.

Also folge ich einfach aufs Geratewohl der Straße, die vom Bahnhof durch den Ort führt. Sie verläuft parallel zu den Bahngleisen entlang eines kleinen Flusses durch ein schmales Tal. Auf beiden Seiten erheben sich steile, felsige Berge. An ihren Flanken erkenne ich Weiden und hin und wieder einen Bauernhof. Sie sehen alle so ähnlich aus wie der, den ich vom Hintergrund von Amelies Handy-Schnappschuss erinnere.

Es fängt an zu regnen. War ja irgendwie klar, wenn ich ohne Jacke herumlaufe. Hier oben in den Bergen ist es ohnehin schon ziemlich kühl. Während ich noch überlege, ob ich einfach zum nächsten Bauernhof gehen und nach Amelie fragen soll, fährt ein Auto an mir vorbei. Da ich gerade direkt neben einer Pfütze gehe, spritzen die Räder einen dicken Schwall Wasser gegen meine Beine. Die Bremslichter des Wagens leuchten auf und er hält ein paar Meter vor mir am Straßenrand. Die Beifahrertür klappt auf.

Ein wenig unsicher gehe ich darauf zu. Die Stimme meiner Mutter hallt durch meinen Kopf: Steige nie zu einem Fremden ins Auto! Aber ich bin schließlich kein kleines Kind mehr, außerdem völlig durchnässt und ohne eine Ahnung, wohin ich mich wenden soll. Ein wenig Hilfe käme da durchaus gelegen.

Als ich den Wagen fast erreicht habe, sehe ich durch die regennasse Heckscheibe etwas Grünes, Quadratisches schimmern. Sitzt da etwa ein Creeper auf der Rückbank? Nein, es ist nur ein Erste-Hilfe-Kissen. Der Wagen gehört einer Frau mit einem freundlichen, runden Gesicht und dunklen Haaren, die sie zu einem Pferdeschwanz zurückgebunden hat. Sie ist ungefähr so alt wie meine Mutter.

„Was läufst denn du bei diesem Wetter allein hier draußen herum, Bub? Und ohne Jacke! Holst dir ja den Tod! Komm, steig ein!" Ihre Aussprache verrät, dass sie hier in der Gegend aufgewachsen ist.

Erleichtert setze ich mich auf den Beifahrersitz. „Danke! Das ist nett von Ihnen."

Sie lenkt den Wagen auf die Straße. „Wohin bist du denn unterwegs, so allein bei diesem Wetter?"

„Ich ... ich weiß nicht genau." Erst jetzt, im Trockenen, merke ich, wie durchnässt ich bin. Es ist mir unangenehm, dass ich das Sitzpolster volltropfe.

„Was soll das heißen, du weißt es nicht genau? Bist doch nicht etwa von Daheim ausgerissen, oder?"

„Nein ... ich will eine Freundin besuchen. Amelie Schiller. Sie ist hier bei ihren Großeltern zu Besuch. Leider habe ich vergessen, wie die heißen. Ich weiß nur, dass sie auf einem Bauernhof hier in Hindingen wohnen. Eigentlich wollten sie mich vom Bahnhof abholen, aber da ist wohl was dazwischen gekommen."

„Hm. Eine Familie Schiller gibt es hier nicht. Hast du denn kein Handy?"

„Ich hab schon versucht, sie vom Bahnhof aus anzurufen. Aber es geht niemand ran."

„Ich sag dir was: Du kommst erst mal mit zu mir. Da kannst du dich aufwärmen und deine Kleidung trocknen, und dann versuchen wir, deine Freundin ausfindig zu machen."

„Das ist sehr nett von Ihnen!"

„Das mache ich doch gern. Ich heiße übrigens Margit Brauninger."

„Ich bin Marko."

„Hast Du auch einen Nachnamen?"

Einer plötzlichen Eingebung folgend sage ich ihr nicht die Wahrheit. „Ja, natürlich. Ich heiße Müller. Marko Müller."

„Und wo wohnst du, Marko Müller?"

„In Köln." Da war ich mal mit meinen Eltern. Ich erinnere mich noch an den Dom, der mir unglaublich groß und düster vorkam und seltsam roch.

„Ach? Eine gute Freundin von mir stammt aus Köln. Die spricht aber ganz anders als du."

„Wir sind erst vor zwei Jahren dorthin gezogen", improvisiere ich.

Die Neugier der Frau ist sicher harmlos und auch verständlich, immerhin hat sie mich ja allein auf offener Straße aufgesammelt. Dennoch habe ich ein ungutes Gefühl. Sie scheint es zu spüren, denn sie fragt nicht weiter nach. Wir biegen von der Landstraße in einen schmalen Weg ab, der an einem Gehöft endet. Es besteht aus einem großen Haus mit einem Schieferdach und einem breiten, hölzernen Balkon, der mit Schnitzereien verziert ist. Die Fensterläden sind blau lackiert. Eine große Scheune und ein graues, flaches Gebäude stehen etwas abseits. Ein Traktor parkt daneben.

„So, da sind wir." Sie führt mich in eine große, sehr gemütliche Küche. Der Geruch von Holz und Gewürzen empfängt mich. Frau Brauninger weist auf eine hölzerne Eckbank mit blau-weiß karierten Polstern.

„Setz dich dort hin. Ich schau mal, ob ich noch ein paar trockene Sachen von Jochen finde. Das ist mein Sohn. Er studiert Maschinenbau in Stuttgart." Damit lässt sie mich allein.

Ich sehe mich um. Fotos von fremden Menschen hängen an der holzvertäfelten Wand. Ein Junge in meinem Alter im Fußballtrikot hält einen Ball und lächelt in die Kamera – vielleicht Jochen vor ein paar Jahren. Über der Tür hängt ein Kreuz. Darunter ein auf ein Holzbrett gepinselter Sinnspruch:

Ergründe, ergrabe, ergreife das Glück.
Entflohen, entflogen, kommt's nimmer zurück.
J. W. Goethe

Das klingt fast, als hätte Goethe Minecraft gespielt! Während ich noch rätsele, was er damit gemeint haben könnte, dass man sein Glück ergraben soll, höre ich eine gedämpfte Stimme. Die Bäuerin telefoniert offenbar. Ich kann nicht verstehen, was sie sagt, aber etwas in ihrem Tonfall lässt mich aufhorchen.

Vorsichtig öffne ich die Küchentür und lausche. Die Stimme kommt aus dem ersten Stock. Ich stelle mich an den Fuß der großen Holztreppe und kann ein paar Gesprächsfetzen aufschnappen: „... Müller, hat er gesagt. Marko Müller ... angeblich aus Köln ... nein, das glaube ich auch nicht ... von zu Hause ausgerissen vermutlich ... Ja, ist gut. Bis gleich."

In Panik sehe ich mich um. Neben der Haustür hängt an einer Garderobe eine Regenjacke. Während ich die Schritte der Bäuerin über mir höre, greife ich mir die Jacke, öffne so leise wie möglich die schwere Eichentür und schleiche mich aus dem Haus. Die Tür fällt mit einem Klacken ins Schloss. Sicher hat die Bäuerin es gehört.

Ich renne in Richtung der Scheune. Gerade, als ich sie erreiche, höre ich die Bäuerin hinter mir herrufen: „He, bleib stehen, du Nichtsnutz! Willst du mir etwa so meine Hilfsbereitschaft vergelten? Indem du meinem Mann die Jacke stiehlst?“

Während ich um die Ecke der Scheune biege, wird mir bewusst, dass ich nun schon zum zweiten Mal etwas geklaut habe. Ist es wirklich so leicht, zum Dieb zu werden? Sind alle Diebe so verzweifelt wie ich? Es ist zu spät für Reue, und ehrlich gesagt bedaure ich den Diebstahl auch nicht wirklich, denn es regnet immer noch in Strömen. Ich werde die Jacke schon irgendwie wieder zurückgeben; sie ist mir sowieso viel zu groß.

Hinter der Scheune erstreckt sich eine ausgedehnte Weide. Eine Herde brauner Kühe drängt sich im Regen aneinander. Ich mache einen Satz über den Zaun und renne quer über die Wiese, wobei ich zweimal fast hinschlage, als ich in große, glitschige Kuhfladen trete. Meine Turnschuhe sind wohl ruiniert. Aber das ist jetzt mein geringstes Problem, denn ein paar hundert Meter entfernt kommt bereits ein Polizeiwagen die Straße entlang und biegt in den Weg ein, der zu dem Gehöft führt.

Hinter der Weide erstreckt sich ein Nadelwald den Berghang hinauf. Vielleicht kann ich mich dort verstecken. Die Kühe schauen mir mit großen Augen nach, während ich an ihnen vorbeirenne. Als ich über den Zaun auf der anderen Seite springen will, rutsche ich im nassen Gras aus. Ich kann mich gerade noch mit einer Hand abstützen, um nicht mit dem Gesicht auf den Zaun zu fallen.

Ein heftiger, schmerzhafter Schlag durchzuckt meinen ganzen Körper. Es fühlt sich ungefähr so an, wie von einem Zombie berührt zu werden, nur noch intensiver. Bunte Lichter tanzen vor meinen Augen. Stöhnend sinke ich vor dem Zaun auf die Knie.

„Da hinten ist er!“, höre ich die Bäuerin von der anderen Seite der Weide rufen. Als ich mich umsehe, erkenne ich zwei Männer in Polizeiuniform, die über den Zaun springen.

Auf keinen Fall will ich in die Irrenanstalt zurückgebracht werden! Ich rappele mich auf, mache einen Satz über den Zaun und renne auf den Waldrand zu.

„Bleib stehen, Junge!“, brüllt einer der Polizisten.

Keuchend renne ich weiter. Ich war leider nie ein großer Sportler, und der einzige Fluchtweg führt den steilen Berghang hinauf. Doch die Verzweiflung gibt mir Kraft. Als ich den Waldrand erreiche, habe ich immer noch ein paar Dutzend Meter Vorsprung vor den Polizisten.

Ich zwänge mich zwischen Büschen und niedrigen Fichten hindurch, die hier längst nicht so dicht stehen, wie ich es mir in meiner Lage wünschen würde. Meine Lunge brennt, und meine Beine fühlen sich an wie Gummi.

„Bleib endlich stehen, Sakrament noch mal!“, ruft der eine Polizist. Auch er scheint ziemlich außer Atem zu sein.

Ich stolpere weiter, doch ich spüre, dass meine Kräfte nicht mehr lange reichen werden. Nachdem ich ungefähr hundert Meter den Hang hinaufgelaufen bin, bleibe ich stehen. Meine Seite schmerzt heftig, mein Puls rast und meine Lunge fühlt sich an, als würde ich 100 Grad heiße Luft einatmen.

„Da drüben ist der Bengel!“, höre ich hinter mir.

Ich versuche, meine letzten Reserven zu mobilisieren, aber ich kann einfach nicht mehr. Statt mich zu bewegen, wird mir nur schwindelig vor Erschöpfung. Für einen Moment schließe ich die Augen.

Als ich sie wieder öffne, hat sich die Welt verändert. Der steile, unebene Berghang ist zu einer ordentlichen Treppe aus Stein- und Graswürfeln geworden, auf denen hin und wieder Bäume mit rechteckigen Stämmen aufragen. Als ich mich umsehe, erkenne ich weiter unten zwei Zombies in Polizeiuniformen, die sich rasch nähern.

„Gleich haben wir ihn!“, ruft der eine der beiden.

Diese Halluzinationen nerven, doch ich stelle fest, dass sie auch Vorteile haben, denn plötzlich ist es ganz leicht, die nächste Stufe des Berghangs hinauf zu hüpfen – fast, als wäre mein klobiger Würfelkörper schwerelos. Mit ein paar Sätzen habe ich den Abstand zwischen mir und meinen Verfolgern wieder vergrößert.

„Er haut ab! Los, schneller!“, ruft der Zombie.

Ohne Anstrengung hüpfe ich weiter den Berghang hinauf, doch mir ist klar, dass das eine gefährliche Illusion ist. Mein realer Körper dürfte an seiner Belastungsgrenze sein. Wenn ich es übertreibe, sterbe ich möglicherweise an Überanstrengung.

Die Rufe der Zombies hinter mir werden leiser. Als ich nichts mehr höre, bleibe ich stehen und sehe mich um. Ich bin inzwischen sehr hoch über dem Tal, in dem der Ort Hindingen liegt. Er scheint aus niedlichen kleinen Würfelgebäuden zu bestehen. Ich kann sogar die Bahnstrecke sehen, die aussieht, als sei sie aus Minecraft-Schienen gemacht. Über mir erhebt sich der Berghang noch mehrere hundert Würfel hoch.

Plötzlich beginnt die Welt, sich um mich zu drehen, und ich versinke in einem wilden Strudel.

Als ich wieder zu mir komme, liege ich zitternd auf dem grasbedeckten Boden. Regen tropft auf mich herab. Ich fühle mich, als sei ich von einer Dampfwalze überfahren worden, die dann noch mal den Rückwärtsgang eingelegt hat. Es ist so dunkel, dass ich kaum die Hand vor Augen erkennen kann. Offenbar war ich so lange bewusstlos, dass inzwischen die Nacht hereingebrochen ist.

Ich taste um mich. Die Welt hat wieder ihre vertrauten, unregelmäßigen Formen. Ich versuche, weiterzugehen, doch meine Füße fühlen sich an, als seien sie aus Beton, und ich habe vollständig die Orientierung verloren. Nach ein paar Schritten stolpere ich über einen Felsen, der halb aus dem Boden ragt, und schlage hin.

Ich gebe den Versuch auf, weiterzulaufen, und kauere mich in den Schutz einer Fichte, deren weit ausladende Äste den Regen abhalten. Mir ist immer noch schrecklich kalt, aber wenigstens ist es hier trocken und der Boden aus toten Nadeln ist weich. Ich lehne mich mit dem Rücken an den Stamm und schließe meine Lider.

„Unngh!“

Ich reiße die Augen auf. Mein Herz schlägt wild. Dann wird mir klar, dass ich mich getäuscht haben muss. Ich bin in der Wirklichkeit. Hier gibt es keine Zombies, auch wenn mir mein Gehirn das manchmal vorgaukelt. Was ich gehört habe, war vermutlich eine Eule oder irgendein anderes Tier.

Lange sitze ich da und lausche in die Dunkelheit, höre jedoch nichts außer dem sanften Rauschen des Regens. Schließlich schlafe ich ein.

13.

Als ich aufwache, ist es bereits hell. Vögel zwitschern um mich herum. Düstere Träume verziehen sich hinter die Nebel des Vergessens. Ob die Welt darin rund oder eckig war, weiß ich nicht mehr. Meine Glieder sind so steif, dass ich einen Moment befürchte, sie seien eingefroren. Als ich Arme und Beine massiere, kribbeln sie unangenehm.

Langsam krieche ich unter der Fichte hervor. Meine Kleidung ist immer noch klamm, aber die goldenen Sonnenstrahlen, die sich zwischen den Bäumen hindurchzwängen, erzeugen zumindest die Illusion von Wärme und erfüllen mich mit frischem Mut.

Der kommt allerdings gleich wieder ins Wanken, als mir bewusst wird, in was für einer aussichtslosen Lage ich bin. Die Polizei sucht nach mir. Ich habe keine Ahnung, wohin ich mich wenden soll. Außerdem erinnert mich mein knurrender Magen daran, dass ich seit gestern Morgen nichts gegessen habe.

Es hat keinen Sinn, weiter zu fliehen. Ich sollte mich stellen. Sie werden mich befragen, dann werden sie meine Mutter anrufen und sie wird mich abholen. Vielleicht werde ich bestraft, weil ich die Jacke und das Geld des Taxifahrers genommen habe, aber mit etwas Glück kann ich Mam davon überzeugen, dass sie mich nicht wieder in die Anstalt von Dr. Johannsen einliefert. Wenn ich ihr von den ganzen Verrückten erzähle, von Karl, der sich für Gott hält, von dem angeblichen Geheimagenten Sir William, von Elfie, dem selbsternannten Gespenst und der fiesen Schwester Christa, wird sie einsehen, dass ich da nicht hingehöre. Ich muss ihr ja nicht unbedingt auf die Nase binden, dass ich immer noch Halluzinationen habe.

Was auch immer sie mit mir macht, es ist auf jeden Fall besser, als tagelang ohne Essen im Wald herumzuirren. Im Nachhinein betrachtet war es idiotisch, vor den Polizisten zu fliehen. Sie wollten mir nichts Böses, genau wie die freundliche Bäuerin.

Ermutigt stapfe ich den Berghang hinab. Bald wird der Wald lichter, und kurz darauf stehe ich an einem Weidezaun ganz ähnlich dem, über den ich gestern so unbeholfen geklettert bin. Auf der Weide grasen braune Kühe, doch von dem Bauernhaus und der Scheune ist nichts zu sehen.

Einen schlimmen Moment lang befürchte ich, die Welt habe sich irgendwie über Nacht verwandelt. Doch dann wird mir klar, dass dies eine andere Weide sein muss als die, über die ich gestern geflohen bin. Also habe ich wieder mal keine Ahnung, wo ich bin.

Ich überquere die Weide. Auf der anderen Seite verläuft ein kleiner Feldweg. Dahinter erstrecken sich Wiesen und weiter unten im Tal die Straße. Links erblicke ich hinter einer Bodenwelle ein Schieferdach. Als ich darauf zugehe, stellt sich heraus, dass dies nicht das Gehöft der Bäuerin ist, die mich im Auto mitgenommen hat, auch wenn es ähnlich aussieht: derselbe breite Holzbalkon mit Blumenkästen davor, dieselben Fenster mit Holzläden, hier allerdings dunkelbraun gestrichen. Eine Scheune und ein Traktor auf dem Hof fehlen ebenfalls nicht. Ich werde die Bewohner darum bitten, die Polizei zu verständigen und Frau Brauninger ihre Jacke zurückgeben.

Als ich mich der Tür nähere, tritt ein Mädchen in meinem Alter heraus. Sie hat langes, blondes Haar, das sie zu einem Pferdeschwanz gebunden hat, und Sommersprossen im Gesicht.

Sie runzelt die Stirn. „Wer bist du denn? Und wie siehst

du überhaupt aus?“

Peinlich berührt sehe ich an mir herab. Die viel zu große Regenjacke ist feucht und voller Laub und Tannennadeln. Meine Jeans ist eingerissen und starrt vor Dreck, die ehemals weißblauen Turnschuhe sind schlammgrau.

„Bist du der Junge, der von zu Hause ausgerissen ist?“

Ich nicke bloß.

„Cool! Ich bin Julia. Komm mit, wir sollten nicht hier auf dem Hof rumstehen, sonst sehen dich noch meine Eltern!“

„Ich heiße Marko“, sage ich und folge ihr verblüfft. Sie führt mich in einen leeren Stall, in dem es stark nach Kuhdung riecht. Der intensive Geruch ist nicht so unangenehm, wie ich immer dachte.

„Die Polizei sucht dich“, sagt Julia. „Weißt du das nicht?“

„Doch. Ehrlich gesagt bin ich hergekommen, um mich zu stellen.“

„Warum bist du denn dann überhaupt abgehauen?“

Ich zögere einen Moment. „Ich suche ein Mädchen namens Amelie. Sie ist bei ihren Großeltern zu Besuch. Leider weiß ich nicht, wie die heißen.“

„Du bist wegen Amelie hier?“

„Du kennst sie?“

„Klar! Sie war früher oft in den Ferien hier, als wir beide noch klein waren. Da haben wir immer miteinander gespielt. In den letzten Jahren ist sie dann nicht mehr gekommen, bis vor zwei Wochen. Ich habe mich ziemlich gefreut, sie wiederzusehen. Wir sind ein paar Mal zusammen ausgeritten.“ Sie reißt die Augen auf. „Jetzt verstehe ich! Du bist der Junge aus dem Krankenhaus, von dem sie mir erzählt hat! Der, den ihr Vater umbringen wollte!“ Sie betrachtet mich mit großen Augen.

„Ja, der bin ich.“

„Aber warum bist du denn hergekommen? Sie ist doch schon Sonntag wieder nach Hause gefahren. Sie musste wieder in die Schule."

Ich stöhne auf. All die Strapazen für nichts!

„Aber da war sie nicht. Deshalb bin ich hier. Kannst du mir helfen, ihre Großeltern zu finden? Ich muss dringend mit ihnen sprechen."

„Na klar. Die wohnen nicht weit von hier. Ich würde dich hinbringen, aber ich muss gleich zur Schule." Sie betrachtet mich kritisch. „Du hast bestimmt Hunger, oder? Warte hier, ich bin gleich zurück."

„Okay."

Bange Minuten vergehen, in denen ich mir vorstelle, wie ihre Eltern Julia zur Rede stellen und die Polizei informieren, ausgerechnet jetzt, wo ich endlich weiß, wohin ich mich wenden kann. Als sie endlich zurückkehrt, atme ich erleichtert auf.

„Sorry, dass es so lange gedauert hat. Ich musste 'ne Weile suchen, bis ich was Passendes gefunden habe." Sie hält mir ein rosa Sweatshirt entgegen, das mit zwei sich küssenden Comicmäusen bedruckt ist. „Jetzt guck nicht so kariert! Es ist das Größte, das ich hatte."

„Äh, danke."

Sie reicht mir außerdem eine Plastiktüte. „Da sind zwei Semmeln drin und eine Flasche Milch. Ich muss jetzt los, sonst merken meine Alten was. Zu den Hochleitners geht's einfach den Feldweg entlang, der da drüben hinter der Wiese anfängt. Es ist das dritte Gehöft. Du erkennst es an den grünen Fensterläden. Viel Glück!"

„Danke, Julia! Das werde ich dir nie vergessen!"

Bevor ich meinen Satz vollendet habe, ist sie schon durch die Stalltür verschwunden.

Ich entblöße meinen Oberkörper und streife das rosa Sweatshirt über. Es ist mir an den Armen zu kurz und ich sehe lächerlich aus, aber allein das Gefühl, etwas Weiches und Trockenes auf der Haut zu spüren, ist es mehr als wert. Ich ziehe die Regenjacke darüber und mache mich über die beiden Brötchen her, die dick mit Wurst belegt sind. Ich habe noch nie im Leben etwas Besseres gegessen. Die Milch in der Glasflasche schmeckt ganz anders als die, die ich von zuhause kenne, fast wie Sahne.

Gestärkt und voller Zuversicht stopfe ich mein nasses Unterhemd und Sweatshirt in die Plastiktüte und folge dem Feldweg, den mir Julia beschrieben hat. Die anderen Gehöfte liegen zum Glück nicht direkt am Weg, so dass ich nicht gefragt werde, wer ich bin und was ich hier mache. Ich kann nur hoffen, dass keiner der Bauern mich durchs Fenster beobachtet und die Polizei informiert.

Der Bauernhof mit den grünen Fensterläden liegt unterhalb des Feldwegs auf der anderen Seite einer Weide, auf der momentan keine Kühe stehen. Ich springe über den Elektrozaun und laufe über die Wiese, bis ich die Rückseite der Scheune erreiche, die auf Amelies Schnappschuss zu sehen war. Vorsichtig luge ich um die Häuserecke. Es könnte ja sein, dass die Polizei inzwischen weiß, wer ich bin und wohin ich will, und hier auf mich wartet. Es wäre blöd, wenn sie mich aufgreifen, bevor ich mit Amelies Großeltern reden kann. Doch außer ein paar Hühnern, die in einer Umzäunung im Boden scharren, ist der Hof leer.

Auf dem Klingelschild neben der Tür steht „Hochleitner", ich bin hier also richtig. Als ich läute, höre ich eine Glocke im Inneren, doch niemand öffnet. Anscheinend sind sie nicht zu Hause. Mir bleibt wohl nichts anderes übrig, als zu warten, bis sie zurückkehren.

Durch das Fenster neben der Tür sehe ich eine Küche, die genauso gemütlich ist wie die der Bäuerin. Als ich mich gerade abwenden will, nehme ich hinter einer halb offenen Tür auf der anderen Seite des Raums eine Bewegung wahr. Es scheint doch jemand da zu sein.

Erneut klingele ich. Als niemand öffnet, klopfe ich an die Tür. „Herr Hochleitner, ich bin Marko, ein Freund von Amelie. Bitte machen Sie auf, ich muss dringend mit Ihnen reden!"

Keine Reaktion.

Als ich um das Haus herumgehe, entdecke ich eine Hintertür, die zu einem kleinen Kräutergarten führt. Sie ist angelehnt.

Ich steige über den niedrigen Zaun, der den Garten umgibt, öffne die Tür und rufe: „Hallo? Ist jemand zuhause?"

Wieder keine Antwort.

Einen Moment zögere ich, unerlaubt ein fremdes Haus zu betreten. Aber Amelies Großeltern werden sicher verstehen, dass ich in großer Sorge bin. Durch die Seitentür gelange ich in die Küche, und von da aus in den Eingangsbereich des Hauses. Eine große Holztreppe führt von dort nach oben, eine schmalere Treppe in den Keller.

„Hallo? Herr Hochleitner?"

Aus der oberen Etage ist ein Knarzen zu hören.

„Ich bin Marko, ein Freund von Amelie", rufe ich. „Sie ist nicht in die Schule gekommen, und ich mache mir Sorgen. Wissen Sie vielleicht, wo sie ist?"

Keine Antwort. Irgendwas stimmt hier nicht. Ist die Person, die ich gesehen habe, etwa ein Einbrecher?

Vorsichtig steige ich die Stufen hinauf. Am oberen Treppenabsatz gibt es drei Türen. Die Erste öffnet sich in ein großes Schlafzimmer mit Holzbalkon. Das Doppelbett ist ordentlich gemacht. Hinter der zweiten Tür liegt ein geräumiges Bad. Ich komme mir vor wie ein Detektiv, als ich Handtücher und Zahnbürsten betaste. Sie sind staubtrocken.

Hinter der dritten Tür befindet sich ein geräumiges Zimmer mit zwei getrennten Betten, einer kleinen Sitzgruppe, einem altmodischen Schreibtisch aus poliertem Holz und einem großen Kleiderschrank, der mit bunten Blumenmalereien verziert ist. Hier haben vermutlich Amelie und ihre Mutter gewohnt, doch der Raum ist aufgeräumt und wirkt, als sei eine Weile niemand hier gewesen.

Während ich noch nach Hinweisen auf die Anwesenheit von Amelie suche, höre ich draußen das Knarzen der Treppenstufen. Als ich die Tür aufreiße, traue ich meinen Augen nicht: Das Wesen, das gerade die Treppe herunterhuscht, hat einen rechteckigen, grünen Körper mit einem Würfelkopf und vier winzige Füßchen, mit denen es erstaunlich geschickt die Treppenstufen hinab hüpft.

Ich kneife die Augen zusammen, um die Halluzination zu vertreiben. Als ich sie wieder öffne, ist der Creeper nicht mehr zu sehen, doch ich höre trippelnde Schritte im Erdgeschoss. So schnell ich kann stolpere ich die Treppe hinunter und sehe überall nach. Doch der Eingangsbereich ist leer, ebenso Küche, Speisekammer, Wohnzimmer und das Gästeklo. Bleibt noch der Keller.

Mit einem mulmigen Gefühl betätige ich den Lichtschalter und steige die schmale Treppe hinab. Ein erdiger Geruch schlägt mir entgegen, der mir seltsam vertraut vorkommt.

Die Treppe führt auf einen schmalen Gang mit zwei

gewöhnlichen, weiß lackierten Türen an den Seiten und einer dritten Tür am Ende, die alles andere als normal aussieht. Ihre Oberfläche scheint mit kleinen Quadraten in fünf verschiedenen Brauntönen bemalt zu sein. Dort, wo die Klinke sein sollte, sind nur einige Quadrate dunkel gefärbt. Im oberen Bereich hat sie vier Öffnungen, durch die ich auf einen Gang dahinter blicke, der vom flackernden Licht einer Fackel beleuchtet wird.

Mehrmals schließe ich die Augen und öffne sie wieder, schüttele den Kopf, kneife mich so fest ich kann in den Arm. Doch was ich auch versuche, die Halluzination verschwindet nicht. Dort führt eine Tür in die Würfelwelt!

Ich hole tief Luft und versuche, die Tür zu öffnen. Doch die Klinke ist nur aufgemalt. Dagegen zu drücken hilft nicht. Obwohl sie so dünn wie Papier zu sein scheint, lässt sie sich keinen Millimeter bewegen. Ich versuche, meinen Arm durch eines der Gucklöcher zu schieben, doch auch das gelingt nicht.

Die Tür ist natürlich eine Halluzination, wenn auch eine sehr hartnäckige. In Wirklichkeit ist hier wahrscheinlich bloß eine normale Wand.

Als ich mich gerade abwenden will, sehe ich durch die Öffnungen in der Tür den Creeper, der um eine Biegung des Gangs kommt. Auf der anderen Seite bleibt er stehen und sieht mich mit seinem mürrischen Gesicht an.

Es fällt mir schwer, mich von diesem absurden Anblick loszureißen. Ich öffne die beiden anderen Kellertüren. Die eine führt in einen Raum mit einer Ölheizung, die andere in einen Abstellraum, der mit Regalen voller Gerümpel vollgestopft ist.

Als ich wieder auf den Gang trete, ist die Minecraft-Tür immer noch da. Was hat das alles zu bedeuten? Warum sind

Amelies Großeltern nicht zuhause? Wieso ist die Halluzination der Tür so hartnäckig, während meine anderen Sinnestäuschungen meist nach kurzer Zeit wieder verschwanden?

Der melodische Ton der Türglocke unterbricht meine Gedanken. Erschrocken laufe ich die Kellertreppe hinauf und in die Küche. Im Sichtschutz eines karierten Vorhangs spähe ich nach draußen. Vor der Tür stehen Dr. Johannsen und der muskulöse, glatzköpfige Pfleger namens Bertram.

Es klingelt erneut. „Marko!", ruft der Psychiater. „Mach die Tür auf! Wir wissen, dass du hier bist!"

„Ich gehe nicht wieder zurück in die Irrenanstalt!", rufe ich durchs Küchenfenster.

Die beiden starren mich an. In Dr. Johannsens Augen glaube ich ein verräterisches violettes Glimmen zu erkennen. „Komm aus dem Haus, Marko, dann können wir in Ruhe reden!"

„Verschwinden Sie!", antworte ich.

„Marko, du bist sehr krank. Wir wollen dir nur helfen."

„Nein!", rufe ich. „Lassen Sie mich in Ruhe!"

„Du siehst seltsame Dinge, oder?"

Ich antworte nicht.

„Du denkst vielleicht, das wird irgendwann von selber besser. Aber das wird es nicht, glaub mir. Während deines Komas wurde dein Gehirn geschädigt, und seitdem leidest du an so genannter paranoider Schizophrenie. Du hast Halluzinationen, siehst Dinge, die nicht real sind und die dir Angst machen. Du fühlst dich von bösen Mächten verfolgt. Deshalb denkst du, dass ich dir etwas antun will. Aber das will ich nicht, glaub mir bitte! Ich bin Arzt. Ich versuche bloß, dir zu helfen. Vertrau mir!"

Was, wenn er recht hat? Leide ich wirklich unter

Verfolgungswahn? Habe ich dieses Misstrauen gegenüber ihm nur wegen eines Gehirnschadens? Während ich noch überlege, ob ich die Haustür öffnen und mich in mein Schicksal ergeben soll, sehe ich aus dem Augenwinkel eine Bewegung.

Verdammt! Ich habe nicht auf Pfleger Bertram geachtet. Während ich mit Dr. Johannsen geredet habe, hat er sich um das Haus herumgeschlichen. So viel zum Thema Vertrauen.

Gerade als Bertram die Seitentür erreicht, stürme ich aus der Küche.

„Bleib stehen, Junge!“, ruft der Pfleger.

In Panik flüchte ich die Kellertreppe hinab.

Er setzt mir nach. „Bleib stehen, zum Kuckuck! Du kannst sowieso nicht entkommen!“

Da hat er wohl recht. Doch als ich den Fuß der Treppe erreiche, erlebe ich eine Überraschung: Die pixelige Minecraft-Tür am Ende des Gangs steht offen!

Es ist nur eine Halluzination. Höchstwahrscheinlich hole ich mir eine dicke Beule, wenn ich versuche, hindurchzulaufen. Trotzdem renne ich darauf zu. Ich strecke die Hände aus. Als ich die Tür erreiche, spüre ich keinen Widerstand mehr. Da scheint wirklich ein Gang zu sein. Trotzdem bleibe ich stehen. Ich habe auf einmal Angst davor, die Schwelle zur Würfelwelt zu überschreiten.

In diesem Moment erreicht Bertram den Fuß der Treppe. Sein grobes Gesicht verändert sich. Die Wut verschwindet daraus und wird durch etwas ersetzt, das wie echte Sorge aussieht. „Junge, bleib stehen! Das ist gefährlich!“

Für mich sieht es so aus, als führe ein pixeliger Gang ein paar Blöcke geradeaus und knicke dann nach rechts ab.

Aber was sieht Bertram? Er kommt langsam auf mich zu, die Arme ausgebreitet.

„Ganz ruhig!“, sagt er mit sanfter Stimme, als spreche er mit einem Kleinkind. „Ich will dir nichts tun!“

Nur ein Schritt, und ich wäre wieder in der Würfelwelt. Aber was passiert dann? Verliere ich endgültig den Verstand?

In diesem Moment kommt der Creeper um die Ecke des Gangs. Er zischt leise. Das gibt den Ausschlag.

„Also gut, ich komme mit Ihnen. Aber ich will zuerst mit meiner Mutter sprechen!“

„Ja natürlich, mein Junge“, sagt der Pfleger und packt meinen Arm mit einem Griff wie ein Schraubstock.

Ich werfe einen letzten Blick auf den Minecraft-Gang und den Creeper, der mir traurig nachblickt, während Betram mich die Treppe hinauf zerrt. Dr. Johannsen wartet bereits auf uns. Ich bin nicht sonderlich überrascht, eine Spritze in seiner Hand zu sehen.

„Ich will erst mit meiner Mutter sprechen!“

„Das wirst du bald“, sagt der Psychiater. „Aber erst musst du dich beruhigen.“ Er streift meinen Ärmel hoch. Ich versuche, mich aus Betrams Klammergriff zu lösen, doch ich habe keine Chance gegen seine Bärenkräfte und kann nicht verhindern, dass der Psychiater mir eine klare Flüssigkeit injiziert und ich in eine warme, weiche Dunkelheit falle.

14.

„Kommt ein Vogel geflogen, setzt sich nieder auf mein' Fuß ..."

Der Raum, in dem ich aufwache, ist bunt und grell erleuchtet. Ich liege auf einer Matratze. Statt meiner Jeans und dem rosa Sweatshirt trage ich einen hellgrauen Schlafanzug und einen Bademantel in derselben Farbe. Mein Kopf fühlt sich an, als sei ein Creeper darin explodiert.

„... hat ein' Zettel im Schnabel, von der Mutter ein Gruß ..."

Das zuckersüße Kindergeplärre zerrt an meinen Nerven. Mein Mund ist staubtrocken. Ich rappele mich auf und wanke zu dem bunten Vorhang, der die Toilette und ein kleines Waschbecken abtrennt. Gierig trinke ich, dann spritze ich mir kaltes Wasser ins Gesicht.

„Lieber Vogel, flieg weiter, bring ein' Gruß mit und ein' Kuss ..."

Als mein Kopf wieder einigermaßen klar ist, sehe ich mich um. Wie lange bin ich schon hier? Das Beruhigungszimmer hat kein Fenster, und meine Armbanduhr hat man mir abgenommen. Ich weiß also nicht einmal, welche Tageszeit es ist.

„... denn ich kann dich nicht begleiten, weil ich hierbleiben muss."

Die schwere Metalltür ist natürlich verriegelt. Ich hämmere mit aller Kraft dagegen. „Ich will sofort Dr. Johannsen sprechen!", brülle ich, doch die dick gepolsterten Wände schlucken den Schall meiner Stimme, so dass sie kraftlos klingt und man sie über die Kinderlieder selbst hier im Raum kaum hören kann.

Das Rufen und Klopfen verschlimmert meine Kopfschmerzen. Ich lege mich auf die Matratze, ziehe den Bademantel über meinen Kopf, um das grelle Licht zu dämpfen, und presse meine Hände an die Ohren.

Irgendwann höre ich, wie die Tür von außen entriegelt wird, und setze mich auf. Schwester Christa kommt mit einem Tablett herein. Sie lächelt dünn, mustert mich jedoch argwöhnisch, während sie mein Essen auf den Boden neben die Matratze stellt: einen Plastikteller mit drei Marmeladenbroten, eine Tüte Milch mit einem Strohhalm darin und einen kleinen Plastikbecher mit Tabletten.

„Wie geht es dir, Marko?"

„Ich habe Kopfschmerzen."

„Nimm die Pillen. Die werden dir helfen."

„Ich möchte Dr. Johannsen sprechen."

„Später."

„Nein, jetzt sofort! Er hat es mir versprochen!"

Schwester Christa schüttelt den Kopf, als könne sie meine Begriffsstutzigkeit nicht fassen. „So sprechen wir hier nicht mit dem Pflegepersonal!"

Letztes Mal hat sie mir damit gedroht, mich ins Beruhigungszimmer zu sperren, wenn ich mich nicht benehme. Ich frage mich, welche Strafe einem blüht, wenn man sich im Beruhigungszimmer schlecht benimmt, habe aber keine Lust, es herauszufinden. Also schweige ich bloß.

„Die Tabletten!", ermahnt mich Schwester Christa.

Gehorsam leere ich den Becher in meinen Mund und spüle alle Medikamente auf einmal mit Milch herunter. Die Pflegerin nickt zufrieden, dann lässt sich mich allein.

Ich merke, dass ich großen Hunger habe. Also esse ich die Brote und trinke den Rest der Milch aus. Allmählich lassen die Kopfschmerzen nach und ich fühle mich müde, aber irgendwie auch gut. Worüber habe ich mich vorhin eigentlich so aufgeregt? Was war es noch mal, das ich unbedingt wollte? Ich kann mich nicht mehr erinnern. Zufrieden lege ich mich auf die Matratze und lausche den Kinderliedern. Irgendwann fange ich an, die fröhlichen Melodien mitzusummen.

Als ich aufwache, ist das Tablett verschwunden. Komisch, ich habe gar nicht gemerkt, wie ich eingeschlafen bin. Wenn ich etwas geträumt habe, dann waren es schöne, bunte Träume von Spielzeug und Schaukelpferden, doch die Bilder verflüchtigen sich in meinem Kopf wie Dunst in der Morgensonne.

Als ich mich umsehe, zucke ich zusammen. In der Wand gegenüber der Eingangstür aus Metall ist plötzlich eine zweite Tür. War sie vorher schon da? Ich glaube nicht, bin mir aber nicht ganz sicher. Die Tür sieht irgendwie komisch aus, voller brauner quadratischer Flecken. Oben hat sie vier rechteckige Fenster, durch die ich einen Gang sehen kann.

Verwundert stehe ich auf. Mir ist ein bisschen schwindelig, so dass ich mich kaum auf den Beinen halten kann. Ich wanke auf die Tür zu und berühre sie mit der Hand. Anstelle einer Klinke hat sie nur ein paar aufgemalte dunkle Quadrate.

Ich habe so eine Tür schon einmal gesehen. Aber wo? Meine Gedanken sind schwerfällig, als wäre mein Kopf voller Erdbeermarmelade.

Die metallene Tür hinter mir öffnet sich. Ich drehe mich um. Ein Mann mit einem weißen Kittel und einer Hakennase kommt herein. Ich kenne ihn irgendwoher.

„Wie geht es dir, Marko?“, fragt der Mann.

Marko? Ach ja, das bin ich. Gut, will ich sagen, aber

meine Zunge gehorcht mir nicht richtig, und es kommt nur ein langgezogenes Guuu dabei heraus. Spucke läuft an meinem Kinn herab.

„Aha. Nun gut. Ich freue mich, dass es dir besser geht. Bald kannst du wieder zurück auf die normale Station. Aber es ist wichtig, dass du regelmäßig deine Medikamente nimmst. Das verstehst du doch, oder?"

Ich nicke eifrig.

„Ach so, prima. Hier sind deine Tabletten." Er reicht mir einen kleinen Becher mit bunten Pillen und einen großen Becher mit Wasser. Ein kleiner Becher und ein großer Becher, das ist lustig! Ich grinse breit.

Ein leises Zischen erklingt hinter mir. Als ich mich umdrehe, sehe ich ein grünes Kastenwesen mit einem würfelförmigen Kopf. Es hat aufgemalte Augen und einen Mund aus schwarzen Kästchen und sieht traurig aus. Ich möchte das Wesen umarmen, um es zu trösten.

„Marko, deine Tabletten!", sagt der Mann mit der Hakennase.

Ich drehe mich wieder zu ihm um, kippe den Inhalt des kleinen Bechers in meinen Mund und trinke das Wasser. Aber irgendwie passt nicht alles in meinen Mund; die Hälfte läuft an meinem Hals herab und macht meinen Schlafanzug nass.

Das Zischen hinter mir wird lauter. Ich drehe mich noch einmal um. Das grüne Wesen schüttelt den Kopf hin und her, als wolle es Nein sagen.

„Ich lasse dich jetzt allein", sagt der Mann im weißen Kittel. Mir fällt wieder ein, dass er Doktor Johann oder so ähnlich heißt. Ich lächele ihn an und nicke.

Er scheint zufrieden mit mir zu sein, denn er lächelt zurück. Dann dreht er sich um, geht durch die Metalltür und schließt sie hinter sich.

Nachdem er gegangen ist, ist auch das grüne Wesen verschwunden, ebenso wie die seltsame Tür.

Mein Mund fühlt sich komisch an. Das liegt daran, dass ich immer noch einen Schluck Wasser und viele Tabletten darin habe. Es schmeckt nicht gut. Das grüne Ding wollte nicht, dass ich die Tabletten runterschlucke, also habe ich es nicht gemacht. Das grüne Ding scheint nett zu sein. Ich gehe zur Toilette, spucke die Tabletten hinein und spüle. Dann lege ich mich wieder auf die Matratze und kuschle mich an einen großen braunen Teddybär.

Irgendwann fängt mein Kopf an, weh zu tun. Doch mit den Schmerzen kehren auch meine Erinnerungen zurück. Ebenso die Erkenntnis, dass ich in einer hoffnungslosen Lage bin. Ich werde nie mehr aus dieser Anstalt rauskommen! Wenn Dr. Johannsen oder Schwester Christa merken, dass ich meine Medikamente nicht nehme, geben sie mir bestimmt Spritzen. Aber ich will auf keinen Fall wieder in diesen idiotischen Dämmerzustand fallen, in dem ich vorhin war. Ich will nicht wieder vergessen, wer ich bin – so wie damals, als ich in der Würfelwelt aufwachte.

Ich sehe mich in dem knallbunten Raum um. Bin ich wirklich hier? War ich überhaupt jemals woanders? Es fällt mir immer noch schwer, einen klaren Gedanken zu fassen.

Nach einer Weile geht die Tür auf und Dr. Johannsen kommt herein. Ich setze ein dümmliches Grinsen auf.

„Spar dir das!“, sagt er. „Ich weiß, dass du die Tabletten ausgespuckt hast. Wir können dich permanent beobachten, weißt du.“

Das Grinsen verschwindet von meinem Mund. „Ich möchte mit meiner Mutter sprechen!“

Dr. Johannsen seufzt. Er setzt sich im Schneidersitz zu

mir auf den Fußboden und blickt mich ernst an. „Hör mir zu, Marko! Es ist sehr wichtig, dass du mir jetzt aufmerksam zuhörst!“

„Ich höre Ihnen zu.“

„Aha. Nun gut. Was ich jetzt sage, wirst du mir nicht glauben, aber es ist wahr. Es ist sehr wichtig, dass du wenigstens versuchst, es zu glauben. Es ist eine sehr schmerzhafte Wahrheit. Aber du bist jetzt schon so lange hier drin, dass ich mir keinen anderen Rat mehr weiß, als dich damit zu konfrontieren.“

„Wie lange bin ich denn schon hier?“

„Vier Monate.“

„Vier Monate ...“, wiederhole ich. Das kann nicht sein! Ich war doch nur zwei Tage in der Klinik, bevor ich geflohen bin. Ich weiß zwar nicht, wie lange ich hier bewusstlos gelegen habe, aber bestimmt nicht wochenlang!

„Ich weiß, es klingt unglaublich“, sagt Dr. Johannsen. „Die Medikamente, die wir dir geben mussten, verändern das Zeitgefühl und die Erinnerungen. Aber es ging nicht anders.“

„Kann ich jetzt bitte endlich mit meiner Mutter sprechen?“

„Deine Mutter ist tot, Marko. Sie starb bei dem Unfall, bei dem du ein schweres Schädel-Hirn-Trauma erlitten hast. Du hattest eine Gehirnblutung und bist ins Koma gefallen. Die Ärzte haben nur mit Mühe dein Leben retten können. Als du aufgewacht bist und erfahren hast, was geschehen ist, hast du versucht, dich umzubringen. Wir mussten dich ruhigstellen. Seitdem bist du hier. Die Medikamente, die wir dir gegeben haben, haben allerdings Nebenwirkungen. Sie können starke Halluzinationen auslösen, Wahnvorstellungen, die dir sehr wirklich vorkommen."

Ich starre ihn an. „Sie lügen!"

„Leider nicht, Marko."

Tränen drängen in meine Augen. Ich blinzele sie beiseite. „Sie waren bei uns zuhause, erinnern sie sich? Meine Mutter hat sie zu mir ins Zimmer gebracht. Am nächsten Tag hat sie mich zu Ihnen gefahren. Ich habe auf Ihrer Couch gelegen, bin eingeschlafen und hier in Ihrer Irrenanstalt aufgewacht."

„Aha. Ach so. Nun, das ist alles nicht wirklich passiert. Du warst die ganze Zeit hier, seit du aus dem Krankenhaus gekommen bist!"

„Was ist mit meiner Flucht?"

Dr. Johannsen runzelt die Stirn. „Flucht?"

„Ich bin doch aus Ihrer Anstalt geflohen und nach Hindingen gefahren, wo Amelies Großeltern wohnen. Dort haben Sie und Pfleger Bertram mich gefunden und wieder hierher gebracht."

„Wer ist Amelie?"

„Ein Mädchen aus meiner Schule. Ich habe Ihnen doch von ihr erzählt. Ihr Stiefvater hat sie misshandelt. Als ich ihn zur Rede stellte, hat er mir eine Spritze gegeben und ich fiel ins Koma!"

„Aha. Ach so."

„Es war so!", rufe ich aufgebracht. „Das kann ich doch nicht alles bloß geträumt haben!"

Der Psychiater blickt mich einen Moment lang schweigend an, als suche er nach den richtigen Worten. „Aha. Nun ja. Weißt du, unser Gehirn ist ein seltsames Organ. Manchmal, wenn die Wirklichkeit zu schlimm ist, konstruiert es sich seine eigene Realität, wie einen Schutzpanzer. Sonst würden wir an der Wahrheit zerbrechen. Doch es ist nun an der Zeit, dass du diesen Schutz ablegst, Marko!“

Wieder schießen mir die Tränen in die Augen. „Es stimmt nicht, was Sie sagen! Es kann nicht stimmen!“

„Denk doch mal logisch! Wie willst du denn aus der Klinik geflohen sein? Wir haben hier ein ausgeklügeltes Sicherheitssystem und geschultes Pflegepersonal.“

Mir wird übel, als ich mir die Frage selbst beantworte: Die Sicherheitstür habe ich mit einer Spielkarte geöffnet, die mir ein Mann gegeben hat, der behauptete, er sei Gott. Die Pfleger konnten mich nicht aufhalten, weil Schwester Christa in einen Truthahn verwandelt worden war und Bertram in eine Dogge. Dann ist auch noch ein Creeper auf dem Parkplatz explodiert. Wenn es nicht so schrecklich wäre, würde ich lauthals lachen.

Mit großen Augen sehe ich mich im Beruhigungszimmer um. Mein Blick bleibt an der Minecraft-Tür hängen, die gegenüber der Metalltür in der Wand ist. Ein eisiger Schauer läuft mir über den Rücken.

„Was siehst du, Marko?“, fragt Dr. Johannsen.

„Eine … eine Tür“, stammele ich, während mir Tränen übers Gesicht strömen.

„Was für eine Tür? Wo ist sie?“

„Dort in der Wand. Sie … sie führt in ein Computerspiel, glaube ich.“

„Marko, sieh mich an!“, sagt Dr. Johannsen eindringlich. „Da ist keine Tür! Was du siehst, ist nicht real!“

„Ich weiß.“

„Was auch immer geschieht, du darfst diese Tür auf keinen Fall öffnen, verstehst du?“

Ich nicke. Es ist, als hätte jemand ein Ventil geöffnet, durch das alle Kraft aus meinem Körper entwichen ist wie die Luft aus einem Schlauchboot.

Mam, tot.

Das kann einfach nicht sein!

„Mein Vater. Was ist mit ihm?"

„Ach so, weißt du, ich traue mich kaum, dir das zu sagen, Marko. Aber er war noch nicht hier, seit du bei uns bist. Wir haben ihn mehrmals angerufen, und er hat auch versprochen, zu kommen. Doch dann ist ihm immer wieder etwas dazwischengekommen."

Ja, das passt irgendwie zu ihm. Ich dachte, er sei an meinem Krankenhausbett gewesen, als ich glaubte, aus dem Koma aufgewacht zu sein. Aber in Wahrheit hat er mich wohl für immer im Stich gelassen, als er damals ausgezogen ist wegen dieser anderen Frau.

„Ich möchte jetzt gern allein sein", sage ich.

„Ja, natürlich, das verstehe ich." Dr. Johannsen erhebt sich.

„Und, bitte, schalten Sie die Musik aus!"

„Ach so. Ja, ist gut." Damit verlässt er den Raum.

Der Doktor hält Wort: Kurz, nachdem er gegangen ist, verstummen die Kinderlieder. Den Kopf auf die Hände gestützt, sitze ich auf der Matratze. Nach ein paar Minuten wünsche ich mir beinahe die Musik zurück. Die Stille in meinem Kopf dröhnt.

Mam, tot.

Ich fühle mich leer, bin nicht mal in der Lage, zu weinen. Die imaginäre Tür lockt mich. Wäre es nicht das Einfachste, hindurchzugehen und mich in den Wahnsinn zu begeben, einfach alles zu vergessen? Anscheinend habe ich es die letzten vier Monate so gemacht. Ich bin vor der Wahrheit geflohen. Doch jetzt hat sie mich eingeholt.

Nach einer ungewissen Zeitspanne, vielleicht wenige

Minuten, vielleicht auch Stunden, stehe ich auf. Meine Beine sind eingeschlafen, so dass ich kaum richtig stehen kann. Mit aller Willenskraft zwinge ich mich, nicht die Minecraft-Tür anzusehen, während ich zum Waschbecken wanke.

Ich wasche mir das Gesicht, rubbele es mit einem Handtuch trocken und starre in den Spiegel. Der Junge, der mir entgegen blickt, wirkt blass und müde. Seine Augen sind gerötet, die Haare wirr und verklebt. Von einer schweren Kopfverletzung sehe ich keine Spur. Keine Narben im Gesicht. Wahrscheinlich habe ich Glück gehabt, im Gegensatz zu Mam.

Angestrengt versuche ich, mich daran zu erinnern, wie es passiert ist. Es muss ein Autounfall gewesen sein. Aber wohin waren wir unterwegs? Ich habe nicht die leiseste Ahnung. Die letzte Autofahrt mit Mam, an die ich mich erinnere, führte zu einem Einkaufszentrum. Sie hat mir neue Jeans gekauft - die Hose, die ich anhatte, als ich herkam. Besser gesagt, die ich in der Halluzination anhatte, in der ich glaubte, herzukommen.

Das geht alles über meinen Verstand! Verzweifelt schüttele ich den Kopf. Dabei fällt etwas aus meinem Haar auf den Rand des Waschbeckens. Ich hebe das winzige Ding auf und halte es mit spitzen Fingern hoch: eine Tannennadel.

15.

Manchmal sind es die kleinen Dinge, die alles ändern. Ich betrachte die Nadel von allen Seiten, steche mir damit in den Handrücken. Sie wirkt so real wie das Waschbecken und der Bademantel, den ich anhabe. Aber wenn diese Tannennadel in meinem Haar war, dann kann ich nicht vier Monate hier gewesen sein. Dann habe ich wirklich unter einer Fichte im Gebirge übernachtet, bin im Haus von Amelies Großeltern gewesen, wo Bertram und Dr. Johannsen mich erwischt haben. Dann hat der Psychiater mich angelogen.

Ich drehe mich um. Die Pixeltür in der Wand ist immer noch da. Wenn die Tür nicht real ist, dann ist es vermutlich auch die Nadel nicht, wie echt sie sich auch immer anfühlen mag.

Eine Weile denke ich über das Problem nach. Dann beschließe ich, ein Experiment zu machen. Ich setze mich so auf die Matratze, dass ich die Minecraft-Tür sehen kann, und warte. Nach einer Weile kommt Schwester Christa mit einem Tablett herein: Schnitzel mit Kartoffelpüree und Erbsen, ein Erdbeerjoghurt, ein Glas Apfelsaft und ein Becher mit Tabletten.

„Was sitzt du da und starrst die Wand an?“, fragt sie.

„Was soll ich sonst tun?“, gebe ich zurück.

„So sprechen wir hier nicht mit dem Pflegepersonal!“

Als sie sich herunter beugt, um das Tablett neben die Matratze zu stellen, nehme ich die Tannennadel aus der Tasche des Bademantels und pike sie damit ins Ohr.

„Autsch!“ Schwester Christa lässt die eine Seite des Tabletts los und greift sich ans Ohr. Das Essen kippt auf den Boden

„Was fällt dir ein! Jetzt sieh dir an, was du für eine Sauerei gemacht hast!", schimpft sie. „Glaub bloß nicht, dass ich dir was Neues zu Essen hole!" Sie stürmt aus dem Raum. Ich höre das Klacken der Riegel, die von außen vor die Tür geschoben werden.

Nachdenklich betrachte ich die kleine Nadel zwischen meinen Fingern. Ich stehe auf, strecke die Hand nach der Tür aus, die nicht da sein kann, zögere. Dr. Johannsens Stimme hallt durch meinen Kopf: *Was auch immer geschieht, du darfst diese Tür auf keinen Fall öffnen, verstehst du?* Doch dann erinnere ich mich an eine andere Stimme, sanfter, freundlicher: *Geh durch die Tür!*

Erst jetzt wird mir klar, was die Prophetin Ismalda gemeint hat, als sie das sagte. Ein letztes Mal betrachte ich die Tannennadel, bevor ich sie zur Seite schnipse. Einmal tief durchatmen, dann strecke ich meine Hand nach der Tür aus. Sie springt auf, kaum dass ich sie berühre. Ein erdiger Geruch schlägt mir aus dem von Fackeln beleuchteten Gang entgegen.

Hinter mir wird die Eisentür entriegelt.

„Marko, nicht!", ruft Schwester Christa, die zusammen mit dem kräftigen Bertram in das Beruhigungszimmer stürmt.

Ich schlucke und mache einen Schritt nach vorn. Halb erwarte ich, den Widerstand der gepolsterten Wand zu spüren, doch da ist nichts, was mich daran hindert, den Gang in die Würfelwelt zu betreten. Schwester Christa entfährt ein erschrockener Aufschrei. Sie sieht mich mit geweiteten Augen an, ebenso Bertram.

„Komm ... komm bitte sofort da raus, Marko!", sagt die Pflegerin leise.

Ich schüttele den Kopf und schließe die Tür. Vor meinem

geistigen Auge erscheint ein Bild von mir: Ich habe blaue Kastenbeine, ein hellblaues Hemd und schielende Pixelaugen. Schwester Christa und Bertram starren mich durch die quadratischen Öffnungen der Tür an. Ihre Gesichter wirken erschrocken. Ich hebe meinen rechteckigen Arm, um ihnen ein letztes Mal zuzuwinken, dann wende ich mich ab und folge dem Gang.

Hinter einer Biegung führt eine mit Fackeln beleuchtete Treppe in die Tiefe.

Wissen Sie zufällig auch, wo Amelie ist?

Sie wartet auf dich.

Wo?

Am Ende der Treppe.

Block für Block hüpfe ich in die Tiefe. Es fühlt sich gut an, wieder in der Würfelwelt zu sein. Hier bin ich viel stärker als in der Realität – oder wie immer man die Welt, aus der ich gerade geflohen bin, auch nennen mag.

Nach etwa zwanzig Stufen mündet die Treppe in einen schmalen Gang. Keine Amelie wartet dort auf mich. Aber das wäre ja auch zu einfach.

Nach zehn Blöcken knickt der Gang nach rechts ab, bald darauf nach links, dann wieder nach rechts. Im Zickzack geht es durch die Minecraft-Unterwelt. Die Wände bestehen größtenteils aus Gestein, hin und wieder sind auch Erd- und Kiesblöcke dazwischen. In regelmäßigen Abständen beleuchten Fackeln den Gang. Manchmal führt er ein paar Stufen hinab in die Tiefe, dann wieder gibt es kleine, unregelmäßig geformte Ausbuchtungen. Ich kenne das aus meinen eigenen Spielen: Hier hat jemand aufs Geratewohl nach Rohstoffen gegraben, vor allem nach Eisen und Kohle, denn die wertvolleren Schätze wie Diamanten, Gold und Redstone gibt es nur in größerer

Tiefe. Hin und wieder höre ich hinter den Steinwänden Zombies stöhnen und Skelette klappern, doch zum Glück begegne ich keinem Monster, denn ich habe nicht mal ein Holzschwert.

Während ich durch den Gang wandere, kommen mir allmählich Zweifel an meiner Entscheidung. Wo bin ich wirklich? Hocke ich immer noch im Beruhigungszimmer, sabbernd und mit den Augen rollend, während mein Verstand aus meinem Körper geflohen ist? Ist Mam wirklich tot? Ich kann das nicht glauben. Ich will es nicht glauben!

Nach ein paar weiteren Biegungen komme ich an eine Kreuzung. Links endet der Tunnel nach wenigen Blöcken. Rechts geht es eine steile Treppe hinab in die Tiefe. Ich entscheide mich, zunächst geradeaus weiterzugehen. Allerdings gerate ich schon bald in eine Sackgasse, so dass mir nichts übrig bleibt, als umzukehren und den Weg in die Tiefe zu nehmen.

Als ich die Treppe hinabhüpfe, verstärkt sich mein ungutes Gefühl. Sie führt auf einen Gang, der kurz darauf in einen drei Blöcke breiten und ebenso hohen Stollen mündet. In regelmäßigen Abständen stützen hölzerne Konstruktionen die Steindecke. Auf dem Boden sind Reste von Schienen zu erkennen, die immer wieder unterbrochen sind. Spinnweben an den Balken und den Wänden deuten darauf hin, dass es hier äußerst unangenehme Bewohner gibt. Ich habe eine verlassene Mine gefunden!

Das ist gleichzeitig eine gute und eine schlechte Nachricht. Gut, weil es hier Holz gibt, so dass ich eine Werkbank und weitere Ausrüstung herstellen kann. Schlecht, denn Minen sind in der Regel riesig und man verirrt sich leicht in ihnen. Vor allem aber werden sie von Höhlenspinnen heimgesucht, die wesentlich gefährlicher sind als ihre oberirdischen Verwandten. Und das, wo mich schon eine daumennagelgroße Spinne im Badezimmer in Panik versetzen kann!

Schon höre ich das charakteristische Zischen in der Nähe. Jetzt heißt es schnell sein! Ich prügele auf die Stützkonstruktionen ein, bis ich einige Bretterkisten habe, die ich in meinem Kopf zu einer Werkbank formen kann. Es fühlt sich merkwürdig an, massive Gegenstände in Gedanken zu verwandeln und diese dann umgekehrt wieder vor mir materialisieren zu lassen, aber das kenne ich ja schon von meiner vorherigen Wanderung durch die Würfelwelt.

Ich schlage drei weitere Kisten aus der Decke, zerlege eine davon in vier Holzstäbe und bastele mir ein Holzschwert. Keine Sekunde zu früh, denn genau in diesem Moment kommt ein achtbeiniges Wesen mit blauschwarzem Kastenkörper und rot glühenden Augen um eine Ecke des Ganges gekrabbelt.

Höhlenspinnen konnte ich schon nicht leiden, als ich noch am Computer Minecraft spielte. Sie sind zwar kleiner als ihre Cousins auf der Oberwelt, aber immer noch viel größer als es eine Spinne sein sollte, jedes Bein so lang wie mein Arm. Das Monster wirkt so real, dass ich es eine Sekunde lang wie gelähmt anstarre, anstatt das einzig Richtige zu tun und die Flucht zu ergreifen.

Die Spinne nutzt mein Zögern zum Angriff. Erschreckend flink krabbelt sie auf mich zu und springt mich an. Gerade noch rechtzeitig kann ich das Holzschwert hochreißen und ihr damit einen Schlag verpassen. Die Spinne zischt empört, doch sie greift erneut an. Diesmal bin ich nicht schnell genug. Ein Stromschlag durchzuckt mich, und plötzlich wird mir übel und schwindelig. Das

Mistvieh hat mich vergiftet!

Mir wird klar, dass ich den Kampf mit einem bloßen Holzschwert kaum gewinnen kann. Nachdem ich einen weiteren Angriff pariert habe, suche ich mein Heil in der Flucht. Doch die Übelkeit erschwert mir die Orientierung, und mein Bein bleibt in den Spinnweben hängen, die den Gang bedecken. Das ist mein Todesurteil. Ehe ich mich wieder umdrehen und mein Schwert zur Verteidigung heben kann, springt mich die Spinne erneut an und saugt mir meine letzte Lebenskraft aus.

Ich hätte doch auf Dr. Johannsen hören sollen, ist mein letzter Gedanke, bevor die Welt in Dunkelheit versinkt.

16.

Wo bin ich? Was bin ich? Bin ich überhaupt? Fragen schwirren durch die Finsternis wie Seifenblasen. Immerhin ist noch etwas in der Lage, sie zu stellen. Allerdings schwebt dieses Etwas körperlos in einem leeren, schwarzen Raum.

Nein, der Raum ist nicht völlig leer. In der Ferne glimmt ein winziger Punkt, als ob es im ganzen Weltraum nur einen einzigen Stern gäbe. Der Punkt wird größer, zuerst ganz langsam, dann immer schneller. Er rast auf mich zu, oder besser gesagt, ich falle ihm entgegen. Ich erkenne ein Zimmer, von oben gesehen, Menschen, ein Bett, ein Junge darin, seine Augen starren leer nach oben, sehen mich an.

So ist es also, wenn man stirbt, denke ich, während die Augen größer werden, bis eines davon mein ganzes Blickfeld ausfüllt: die Iris ein Ozean, die Pupille ein schwarzer Abgrund in der Mitte. Ich stürze hinein.

Schwärze umgibt mich, ein endloser, leerer Raum. Nein, nicht völlig leer: Ein winziger Lichtpunkt glüht einsam in der Ferne. Ich falle darauf zu, bis aus dem Punkt eine rechteckige Form wird. Ein Zimmer, von oben gesehen, doch dieses ist schmaler. Ein Bett, ein Junge darin, allein, die Augen geschlossen, neben sich ein aufgeschlagenes Buch. Es ist das Zimmer in der Nervenklinik, wird mir klar, während ich auf meine schlafende Gestalt zustürze. Mein Ebenbild reißt die Augen auf. Die Iris wird zu einem blauen, stürmischen Meer mit einem schwarzen Malstrom im Zentrum, in dem ich versinke.

Leere, Dunkelheit. Ich suche nach einem winzigen Lichtpunkt, doch da ist keiner. Bewegungslos falle ich durch schwarze Unendlichkeit. Diesmal sehe ich mein Ziel erst, als es schon ganz nah ist, denn es ist viel dunkler als das Krankenhauszimmer und das Bett in der Nervenklinik: ein Wald, eine einzelne, große Fichte im Zentrum. Ich falle inmitten von Regentropfen, die schwach im Mondlicht glitzern, durchdringe die Spitze des Baums. Im Schutz der dichten Nadeln liegt ein Junge in schmutziger, durchnässter Kleidung. Im schwachen Licht kann ich sein blasses Gesicht kaum erkennen. Er reißt die Augen auf.

Wieder bin ich im endlosen Raum und falle auf einen Lichtpunkt zu. Ein bunter Raum mit gepolsterten Wänden. Ich liege auf einer Matratze, während ich gleichzeitig auf mich zustürze und in meinem aufgerissenen Auge versinke.

Endlose Leere. Ein Lichtpunkt in der Ferne. Er wächst zu einem flackernden Quadrat. Ein Raum, von oben gesehen, der Boden aus fleckigem Holz. Eine eckige Gestalt liegt auf einem Bett. Ihr Gesicht, ein braunes Rechteck mit schielenden Pixelaugen, hat nicht die geringste Ähnlichkeit mit meinem. Ich stürze in eines der Augen und durchbreche die blaue Pixelebene, so dass ich wieder von absoluter Dunkelheit umgeben bin.

Diesmal gibt es keinen Lichtpunkt; dafür wird es langsam hell um mich. Ich liege auf einem Bett in einem Raum mit Wänden aus Stein und Holz. Ein Mann steht neben meinem Bett und beugt sich über mich. Er hat einen Würfelkopf mit schielenden Augen und hellgrauen Pixeln, die wohl einen Bart darstellen sollen. Sein Körper ist mit weißen und grauen Pixeln gesprenkelt, als trage er ein antikes Gewand.

„Ah, du bist wach!“

„Gronkh?“, frage ich.

„Du sprichst meine Sprache nicht?“, antwortet die Gestalt. „Das ist sehr bedauerlich. Ich hatte mich schon gefreut, endlich einen Gesprächspartner zu haben. Es ist doch etwas einsam in dieser Welt."

„Nein, ich verstehe, was du sagst. Ich dachte nur, du wärst Gronkh. Das ist ein Name."

„Nun, wer oder was immer dieses Grong ist, ich bin es jedenfalls nicht. Man nennt mich Platon. Oder jedenfalls nannte man mich so, als ich noch in jener anderen Welt wandelte, die nicht mehr ist als ein verzerrter Schatten der Wirklichkeit."

„Platon? Der Philosoph?"

„Du hast von mir gehört? Wie schmeichelhaft! Bist du gar die Inkarnation eines meiner Schüler? Doch nicht etwa die Rotznase Aristoteles, der immer alles besser zu wissen glaubte? Das fehlt noch, dass der mich bis über den Tod hinaus verfolgt! Falls du es doch bist, wirst du wohl jetzt endlich einsehen, dass ich recht hatte: Es gibt sie, die absoluten, unvergänglichen Ideen, die reinen Formen, die getrennt von jeder menschlichen Interpretation existieren! Und von diesen die Vollkommenste ist offensichtlich das Quadrat."

Ich verstehe nur Bahnhof. Von Platon habe ich in der Schule gehört, aber was ein alter Grieche in meiner Minecraft-Halluzination zu suchen hat, ist mir schleierhaft. Anscheinend hat mein Unterbewusstsein im Philosophieunterricht besser aufgepasst als ich.

„Ich bin Marko. Bin ich hier gespawnt?"

„Bist du was?"

„Wie bin ich hierher gekommen? Lag ich plötzlich in diesem Bett?"

„Nein. Ich habe dich bewusstlos in einem alten Bergwerk gefunden und hierher gebracht."

„Danke."

„Gern geschehen."

Ich stehe auf und sehe mich um. Der Raum hat Holzwände mit Pixelbildern an den Wänden. Glasfenster geben den Blick auf eine große, mit Fackeln beleuchtete Höhle frei. Neben einem kleinen unterirdischen Fluss wächst Getreide. Ein Ofen, eine Werkbank und zwei große Kisten bilden die Standardeinrichtung eines Minecraft-Hauses.

„Nicht so eilig, junger Freund", mahnt der Pixelphilosoph. „Du bist sicher noch geschwächt."

Er hat recht, ich fühle mich sehr schwach und habe großen Hunger. Doch ich schüttele meinen Würfelkopf. „Das hier ist nicht real", sage ich mehr zu mir selbst.

Platon stößt ein keckerndes Lachen aus. „Real? Was bedeutet das schon? Wenn du von mir gehört hast, dann doch sicher auch von meiner bekanntesten Dialogschrift, der *Politeia*? Erinnerst du dich, wie Sokrates darin unser Erkennen der Welt mit den Schatten an einer Höhlenwand vergleicht, dahingeworfen von den lebendigen Gestalten vor dem Höhleneingang? Und uns Menschen mit an die Wand geketteten Gefangenen, die nie etwas anderes von der Welt erfahren können, als eben jene Schatten, und sie daher für die Realität halten?"

Der Typ hört sich offensichtlich gern quatschen. „Ich habe keine Ahnung, was du mir damit sagen willst, aber das hier ist auf jeden Fall nicht die Wirklichkeit. Wir sind in einem Spiel. Oder besser gesagt in einer Wahnvorstellung davon."

„Nun, wenn dem so ist, wer spielt dann dieses Spiel, und wessen Wahn ist es entsprungen?"

„Meinem."

„Oho! So hältst du also mich, Platon aus Athen, für eine

Einbildung, ein Trugbild, einen Traum?“

„Genau. Du bist seit über zweitausend Jahren tot!“

„Was aber, wenn es genau umgekehrt ist? Wenn in Wahrheit ich dich erdacht habe und du meines Fiebers Folge bist wie diese ganze eckige Welt, in der ich schon so lange herumirre?“

„Dann könnte ich wohl nicht denken, dass ich hier bin und mit dir rede.“

„Es sei denn, du dächtest, du seist du, wärst aber in Wahrheit ich, und das, was du von dir und mir siehst, wäre vertauscht.“

„Blödsinn! *Ich* denke, also bin *ich*! Und ich bin garantiert kein wirres Zeug redender Greis mit einem Handtuch um den Bauch! Ich bin Marko, 14 Jahre alt, und lebe im 21. Jahrhundert nach Christus. Der Stiefvater meiner Freundin Amelie hat mich vergiftet. Ich liege irgendwo im Koma, oder vielleicht bin ich auch schon tot, und träume, hier in meinem Lieblings-Computerspiel Minecraft herumzulaufen. Nichts davon ist wahr, weder du noch dein Haus oder dieser komische Kastenkörper ohne Hände und Füße.“

„Nun, wenigstens darin könnte ich dir wohl zustimmen. Wahr sind nur die reinen Ideen, die losgelöst von jeder materiellen Form und menschlichen Erkenntnis schon immer existiert haben und in alle Ewigkeit existieren werden. Diese Wahrheiten zu erkennen habe ich mir zeitlebens zur Aufgabe gemacht. Nach meinem Tod haben die Götter mich in diese Welt versetzt, die ungleich abstrakter ist als die vorherige, und somit der reinen Wahrheit näher. Also darf ich hoffen, dass mich jede weitere Inkarnation der Ebene der reinen Ideen noch näher bringt, bis ich schließlich pure Abstraktion bin, nicht mehr und nicht weniger als ein Lehrsatz der Mathematik, der höchsten aller Wissenschaften."

Platons Gequassel macht mir Kopfschmerzen. „Fein, du kannst dich gern in den Satz des Pythagoras verwandeln, wenn du willst. Aber ich will hier raus!"

„Raus? Du magst dieser Höhle entfliehen, junger Marko, doch nicht der Täuschung deiner Wahrnehmung!"

Ich ignoriere seinen Einwand. „Es muss noch jemand hier sein. Ein Mädchen. Sie heißt Amelie. Hast du sie vielleicht gesehen?"

„Ein Mädchen! Und ich hatte schon gedacht, du bist wie ich auf der Suche nach der reinen Wahrheit." Seine Stimme klingt enttäuscht.

„Wenn du die Wahrheit suchst, wirst du sie bestimmt nicht in einem Computerspiel finden", entgegne ich.

„In einem was?"

„Du hast keine Ahnung, was ein Computer ist, oder?"

„Ein Dämon? Einer der Titanen?"

Wie soll ich das einem alten Griechen erklären? „Es ist eine Maschine. Sie kann rechnen."

„Eine rechnende Maschine! Welch großartiger Geist hat solches Wunder erdacht?"

„Konrad Zuse hieß der, glaube ich. Ist ja auch egal. Stell dir vor, dass diese Maschine Bilder malen kann, die eine erdachte Welt darstellen. Sie malt so schnell, dass es aussieht, als bewegten sich die Bilder. Du siehst eine Welt, in der du dich frei bewegen kannst. Die Maschine reagiert auf alles, was du tust, und verändert die Umgebung entsprechend. Das ist ein Computerspiel."

„Und all das berechnet deine Maschine? Die Prinzipien, die dieser Welt zugrunde liegen, sind nichts als mathematische Formeln und abstrakte Ideen?"

„Könnte man so sagen, ja. Man nennt das ein Programm."

Platon hüpft plötzlich im Kreis herum und reißt vor Freude die Arme in den Himmel. „Heureka! Heureka! Ich hab's gefunden! Das ist der Beweis, nach dem ich so lange gesucht habe!" Er versucht, mich zu umarmen, was jedoch mit seinen eckigen Gliedmaßen schwierig ist. „Wie soll ich dir bloß danken, mein junger Freund, der du so viel mehr über die Natur der Welt weißt als ich alter Narr?"

„Hilf mir einfach, Amelie zu finden, oder einen Ausweg aus dieser Welt."

„Nun gut. Ich weiß zwar nicht, ob ich dir dabei eine Hilfe sein kann, aber ich will es gern versuchen."

„Kannst du kämpfen?"

„Ich bin alt, aber kein Schwächling. An der Akademie, die ich gründete, waren Leibesübungen Pflicht, denn der Geist kann nur klar denken, wenn er in einem gesunden Körper wohnt. Außerdem ist dieser Kastenkörper zwar simpel, aber effektiv. Ich bin schon mit so manchem Unhold fertig geworden. Die wandelnden Toten sind kein Problem für mich. Auch die heimtückischen Grüngestaltigen, die das Feuer des Hades in sich tragen, habe ich besiegt, wenngleich ich manches Mal von ihnen überrascht wurde. Und selbst das üble Spinnengetier in den Tiefen verscheuche ich im Handstreich."

„Da, wo wir hingehen, gibt es noch weit Schlimmeres."

„Wo gehen wir denn hin?"

„Wir sind in einem Computerspiel. Und das bedeutet, je schwieriger es wird, desto näher sind wir dem Ziel." Ich denke mit Schaudern an meine letzte Reise durch die Würfelwelt. Muss ich all das noch einmal durchmachen? „Wahrscheinlich müssen wir als Erstes in den Nether."

„Was ist das für ein Ort, von dem du da redest?“

„Der Nether ist eine Art Unterwelt. Man kommt dort nur hin, indem man ein Portal baut. Ich weiß, wie das geht.“

„Ein Portal in die Unterwelt, auf der Suche nach einem Mädchen ... das ist wie in der Legende von Orpheus, der in das Reich des Hades hinabstieg, um seine geliebte Eurydike zu befreien!“

„Ja, vielleicht, keine Ahnung. Also los, lass uns gehen. Je eher wir dort sind, desto besser.“

17.

Platon verfügt über ausreichend Nahrungsvorräte. Allerdings stellt sich heraus, dass der Philosoph bisher lediglich herausgefunden hat, wie man Schwerter und Spitzhacken aus Stein herstellt. Bevor wir uns in die Tiefe wagen, zeige ich ihm zunächst, wie man Eisen findet und verarbeitet.

Als wir endlich jeder eine Eisenrüstung angelegt haben und ein Schwert in der Hand halten, sagt Platon stolz: „Sieh nur! Ich sehe aus wie Achilles! Kein Feind wird mir widerstehen können!“

„Täusch dich da lieber nicht!“, erwidere ich, stelle noch zwei Eimer her und fülle sie mit Wasser. Dann machen wir uns auf den Weg. Um ein Netherportal zu bauen, benötigen wir Obsidian. Also graben wir uns schräg in die Tiefe, um möglichst schnell bis zur Lava vorzudringen.

Das allerdings dauert viel länger, als ich gehofft hatte. Wir haben schon hunderte Blöcke tief gegraben und hätten eigentlich längst auf Bedrock stoßen müssen, doch die Dimensionen dieser Würfelwelt sind anders, als ich es kenne. Schließlich halte ich inne. Wenn diese Welt eine Nachbildung der Erde aus Minecraft-Blöcken in Originalgröße wäre, müssten wir uns dann bis zum Erdkern vorarbeiten, um an Lava zu kommen? Wie tief ist das? Soweit ich mich erinnere, hat die Erde einen Durchmesser von 12.000 Kilometern. Bis zum Mittelpunkt wären es 6 Millionen Blöcke! Sicher müssen wir nicht so tief graben. Aber in welcher Tiefe findet man flüssiges Gestein? Ich habe keine Ahnung.

„Bist du sicher, dass du weißt, was du suchst und wo du es findest?“, fragt der Philosoph, als hätte er meine

Gedanken erraten.

„Ja. Wir brauchen Lava, die muss es irgendwo in der Tiefe geben. Ich hätte gedacht, dass wir sie schneller finden, aber diese Spielwelt ist viel größer als die, die ich kenne."

„Das meinte ich nicht."

„Was dann?"

„Du sagst, du suchst ein Mädchen. Woher weißt du, dass du sie in Hades' Reich in der Tiefe finden wirst?"

Mit den Schultern zucken kann ich ja nicht, also antworte ich: „Ich habe es aufgegeben, zu verstehen, was mit mir los ist, und beschlossen, die Welt einfach so zu nehmen, wie sie mir erscheint. Als ich zuletzt in der Würfelwelt war, wusste ich nicht mal, dass diese Welt nicht real ist."

Ich erzähle ihm, wie ich ohne Erinnerungen herumgeirrt bin, wie ich Gronkh traf und im Raum mit den Hebeln allmählich begriff, dass ich in Wahrheit im Koma lag.

„Jetzt weiß ich allerdings überhaupt nicht mehr, was mit mir los ist. Ich dachte, ich sei aufgewacht, nachdem ich auf dem Enderdrachen geritten bin, aber anscheinend war das auch nur eine Illusion." Frustriert schlage ich mit der Spitzhacke gegen einen Steinblock.

„Die Götter haben dir eine Prüfung auferlegt", sagt Platon. „So wie Herakles, Odysseus, Theseus, Sisyphos und all den anderen Helden. Götter lieben sowas."

„Die Götter können mich mal!"

„Du solltest nicht fluchen! Das mögen sie gar nicht. Erst, wenn du in Demut deine Aufgabe annimmst, wirst du Hilfe erlangen."

„Was soll ich denn noch machen, zum Kuckuck?" Ich bin froh, dass mein Kastenkörper nicht weinen kann – das wäre mir vor dem Philosophen doch ein bisschen peinlich. „Wann ist dieser Wahnsinn endlich zu Ende?"

„Verzage nicht. Du hast Freunde unter den Göttern. Sie haben dir mich geschickt als deinen Lehrmeister und Freund."

Ein toller Lehrmeister und Freund ist das, der von Minecraft keine Ahnung hat und den ganzen Tag nur unverständliches Zeug quatscht! Aber ich will ihn nicht verletzen, also sage ich stattdessen: „Und was bitte ist jetzt meine Aufgabe? Hier gibt es weder einen Raum mit Rätseln noch einen Enderman, den ich besiegen könnte. Überall bloß Blöcke, Blöcke, Blöcke!"

Platon schweigt einen Moment. „Erkenntnis", sagt er schließlich.

„Erkenntnis? Was soll das heißen?"

„Erkenntnis zu finden ist deine Aufgabe. Es ergibt alles einen Sinn, siehst du es nicht? Das, was du mir erzählt hast – der Raum mit den Hebeln, dein scheinbares Erwachen – all dies hat dich der Erkenntnis der absoluten Wahrheit näher gebracht. Erst, wenn du sie gefunden hast, wirst du frei sein. Auch ich habe zeit meines Lebens nach der Wahrheit hinter den Dingen gesucht. Es ist kein Zufall, dass wir beide uns hier treffen, mein Freund."

„Hm. Mag sein. Aber das hilft uns auch nicht weiter."

„Mein Lehrer, der weise Sokrates, sagte einst, die wichtigste Erkenntnis sei die des eigenen Unwissens."

„Ja, das hab ich schon mal gehört: Ich weiß, dass ich nichts weiß. Und wie soll uns das jetzt helfen?"

„Was tun wir hier?"

„Wir quatschen rum."

„Nein, ich meinte, warum haben wir uns bis in diese Tiefe gegraben? Wonach suchen wir?"

„Nach Lava. Wir müssen ein Portal bauen, um in den Nether zu gelangen, und dort die Zombie-Pigmen-Mönche …“ Ich stutze, als ich endlich begreife, was Platon mir sagen will. „Du meinst, wir sind auf dem Holzweg?“

„Falls du damit ausdrücken willst, dass wir in der falschen Richtung suchen, ja, das könnte wohl sein. Wie der weise Heraklit einst feststellte: Man kann nicht zweimal in denselben Fluss steigen.“

„Was soll das jetzt wieder heißen?“

„In meiner Akademie habe ich meine Schüler stets ermuntert, selbst eine Lösung zu finden.“

„Aber wir sind hier nicht in der Schule!“, brause ich auf, doch dann kommt mir ein Gedanke. „Du meinst, es ist falsch, denselben Weg zweimal zu gehen? Dass wir nicht noch einmal durch den Nether und ins Ende müssen?“

„Du bist also doch ein verständiger Junge. Doch du irrst, ich denke nicht, dass es falsch ist.“

Ich spüre, dass seine Worte mehr bedeuten, als es im ersten Moment scheint. „Du bist dir nur nicht sicher, dass es richtig ist? Du denkst, wir wissen nicht, wo wir wirklich suchen müssen. Wir sollten nichts als gegeben annehmen und alles hinterfragen. Ist es das, was du mir sagen willst?“

„Ich sehe, ich habe einen gelehrigen Schüler gefunden!“

Ein Seufzer entfährt mir. Nun irre ich nicht nur durch eine Fantasiewelt, sondern habe dabei auch noch permanenten Einzelunterricht!

„Also schön. Wenn wir nicht weiter in die Tiefe graben müssen, was dann?“

Platon blickt mich mit seinen schielenden Kastenaugen an, als erwarte er von mir, dass ich selbst auf die Lösung kommen muss. „Was weißt du?“, fragt er.

Wenn ich könnte, würde ich mit den Schultern zucken.

„Ich denke, also bin ich?“

„Tss. Wenn ich jemals einen Zirkelschluss gehört habe, dann diesen. Was weißt du noch?“

„Ich muss hier raus!“

„Wo ist hier?“

„Keine Ahnung. Wir sind in meinem Kopf, nehme ich an.“

„Und wie könnten wir deinen Kopf verlassen?“

„Indem ich aufwache.“

„Und woher weißt du, dass du wach bist?“

„Hm. Das ist eine gute Frage. Ich dachte, ich sei wach, als ich im Krankenhaus lag, als ich zur Schule ging, als ich in Dr. Johannsens Nervenklinik war. Aber vielleicht stimmt das gar nicht. Wie kann ich wissen, ob ich träume oder nicht?“

„Träumst du jetzt?“

„Ja.“

„Woher weißt du das?“

Ich zeige auf die Blöcke. „Sieh dich um. Sieht das hier etwa aus wie die Realität?“

„Also kannst du an deiner Umgebung sehen, ob du wach bist?“

Ich überlege laut. „Nein ... in der Irrenanstalt konnte ich das auch nicht, falls ich da nicht wach war. Und wenn ich wach gewesen wäre, hätte ich ja kaum durch die Tür in die Würfelwelt gehen können ... Eines steht fest: Wenn ich etwas Unmögliches sehe, dann träume ich.“

„Dann musst du etwas Unmögliches finden.“

„Aber alles hier – dieser Gang, du, ich – ist unmöglich!“

„Nicht in dieser Welt.“

„Du meinst, ich muss etwas finden, das in der Würfelwelt nicht existieren kann, um aus ihr zu erwachen?“

„Wenn es der Weg aus einem Traum ist, zu erkennen, dass man träumt, und wenn der Weg zu dieser Erkenntnis etwas Unmögliches ist, dann folgt daraus, dass es der Weg aus dem Traum ist, etwas Unmögliches zu finden."

„Aber so funktioniert es nicht! Ich habe doch schon unmögliche Dinge gesehen - Creeper, Zombies, die Tür, die mich hierher geführt hat - und ich bin trotzdem nicht aufgewacht!"

„Waren diese Dinge denn wirklich unmöglich?"

„Ja!", rufe ich frustriert, doch dann fällt mir etwas ein. „Na ja, ich wusste, dass sie nicht real waren. Aber ich dachte trotzdem, dass ich in der Realität wäre."

„Warum?"

Puh, es ist ganz schön anstrengend, mit einem antiken Philosophen zu diskutieren. „Weil ich dachte, ich hätte Halluzinationen. Ich habe geglaubt, nur ein Teil dessen, was ich erlebte, sei irreal. Aber wie soll ich denn bloß zwischen beidem unterscheiden?"

„Das ist die Frage!"

Tolle Hilfe! Was nützt mir der berühmteste Philosoph der Antike als Begleiter, wenn ich alles selber herausfinden muss? Dann fällt mir ein, dass Platon ja gar nicht wirklich existiert. Seine Gedanken sind meine Gedanken. Natürlich muss ich selbst herausfinden, wie ich hier rauskomme.

Es muss doch möglich sein, das Rätsel mit Logik zu knacken! Was ich brauche, ist etwas, das mir zuverlässig sagt, dass ich nicht in der Realität bin. Dass nicht nur dieses Etwas ein Trugbild ist, sondern alles, was ich sehe. Aber wie soll das funktionieren? Woran kann ich erkennen, dass ein Ding keine Halluzination ist?

Die Tannennadel fällt mir ein. Ich wusste nicht, ob sie real ist oder nicht, bis ich Schwester Christa damit gepiekt habe. Genau genommen wusste ich in dem Moment immer noch nicht, ob die Tannennadel real ist. Aber ich wusste, dass entweder beide real sind oder keines von beiden. Es war der Beweis, dass Dr. Johannsen gelogen hatte.

„Wenn ich etwas finde, das nicht existieren kann, mit dem ich aber die Umgebung verändern kann, wie zum Beispiel einen Zauberstab, dann ist nicht nur der Gegenstand nicht wirklich, sondern alles andere auch. Dann weiß ich zuverlässig, dass ich nicht in der Realität bin."

„Sehr gut, mein Schüler!", ruft Platon aus, in genau dem Tonfall, in dem Herr Braukmann mich lobt, wenn ich im Matheunterricht die richtige Antwort gebe.

So weit so gut. Aber wo finde ich jetzt so ein Wunderding? Als ich Platon danach frage, gibt er wieder eine seiner kryptischen Antworten: „Diese Frage hast du bereits beantwortet."

Was soll das jetzt wieder bedeuten? Gerade, als ich ihn anbrüllen will, dass er gefälligst nicht immer nur Fragen stellen, sondern selber auch mal eine Antwort geben soll, erinnere ich mich an unseren ersten Dialog in seiner Behausung. Ich habe ihm erklärt, dass wir in den Nether müssen. Ist das die Antwort, die er meint? Aber halt, wir waren doch gerade dorthin unterwegs, als er mich aufgehalten hat. Und wenn er ich ist, oder ein Teil von mir, dann bedeutet das vermutlich, dass ich irgendwie unbewusst selber gemerkt habe, dass ich auf dem Holzweg bin.

Das ist alles ganz schön verwirrend!

Ich versuche, mich an den Wortlaut unseres Dialogs zu erinnern. Was habe ich gesagt, bevor ich ihm vom Nether erzählt habe? Richtig, ich habe ihn gefragt, ob er kämpfen kann. Er sagte, er würde mit allen Monstern fertig, und ich sagte, er hätte noch längst nicht alle Monster gesehen, und dass es in einem Computerspiel umso schwieriger wird, je näher man der Lösung kommt.

Das ist es! Die Tatsache, dass wir überhaupt noch nicht auf Gegner gestoßen sind, zeigt eindeutig, dass wir in die falsche Richtung laufen. Um an unser Ziel zu gelangen, brauchen wir also bloß immer in die Richtung zu gehen, in der die schlimmsten Monster lauern.

Hurra.

Ich lausche angestrengt, höre aber kein Unngh oder andere Geräusche.

„Was ist, junger Marko? Sind dir die Worte abhanden gekommen?"

„Was? Nein. Ich weiß jetzt, wohin wir müssen."

„Und wo ist das?"

„Dahin, wo's weh tut!"

„Ich bin nicht sicher, ob mir diese Schlussfolgerung gefällt."

„Mir gefällt sie auch nicht."

„Dann ist sie wohl richtig."

„Du hast mich doch in der Mine gefunden, oder?"

„Die Stollen, in denen jene garstigen Diener Arachnes ihr Unwesen treiben?"

„Wenn du damit große, blaue Spinnen meinst: ja. Führe mich dorthin!"

„Und du bist dir sicher, dass dieser Weg der unsrige ist?"

„Nein. Aber einen besseren Ansatz weiß ich nicht."

„Sehr gut! Dann folge mir!"

Wir hüpfen also die endlose Treppe wieder herauf, die wir gerade erst gegraben haben. Schließlich erreichen wir wieder Platons Behausung. Er führt mich durch die Höhle.

Beim Anblick seines kleinen Getreidefeldes frage ich: „Warst du eigentlich jemals in der Oberwelt?“

„Wie sollte ich? Niemand kann die Welt der Toten verlassen, das weiß doch jedes Kind.“

„Wenn du nicht in der Oberwelt warst, woher hast du dann das Getreide und das Holz für deine Hütte?“

„All das war schon hier, als meine Seele in dieser Welt Gestalt annahm, von den Göttern trefflich für mich bereitet.“

Einen Moment überlege ich, ob wir versuchen sollen, uns an die Oberfläche durchzugraben. Aber es ist ja nicht einmal gesagt, dass es in dieser Halluzination überhaupt eine Oberwelt gibt. Außerdem habe ich Angst davor, erneut in die verlassene Mine zu gehen, und das sagt mir, dass dieser Weg vermutlich der richtige ist.

18.

Platon führt uns ans andere Ende der Höhle in einen unregelmäßigen Tunnel, der nach Aussage des Philosophen schon immer hier war und bald in eine Schlucht von erschreckendem Ausmaß mündet. Im normalen Spiel sind solche Abgründe schon eindrucksvoll, doch diese hier übertrifft alles, was ich je in Minecraft gesehen habe. Sie ist mindestens hundert Blöcke breit. Tief unter uns beleuchtet ein rötliches Glühen die gigantische Felswand auf der anderen Seite. Links von uns führt eine Treppe in die Tiefe, die offensichtlich künstlich angelegt wurde. Wer immer sie gebaut hat, Platon war es nach eigener Aussage nicht.

Wir folgen den Stufen und gelangen bald an eine Öffnung des Minenschachts, der hier in die Schlucht mündet. Eine Holzkonstruktion mit Resten von Schienen darauf ragt ein Stück weit in die Schlucht hinein. Auf der gegenüberliegenden Seite ist ein ähnliches Reststück zu sehen, doch die Verbindung in der Mitte fehlt. Müssen wir dort hinüber? Bei dem Gedanken, die gewaltige Schlucht überqueren zu müssen, wird mir unwohl. Das bedeutet wahrscheinlich „Ja".

Wie um meine Ahnung zu bestätigen, taucht plötzlich in einer Öffnung der Felswand auf der anderen Seite der Schlucht ein Creeper auf.

„Wir müssen da rüber", stelle ich fest.

„Woher weißt du das?", prüft mich der Herr Oberlehrer.

„Ja, ja, schon gut, ich weiß, dass ich nicht weiß, ob wir wirklich die Schlucht überqueren müssen, aber wir machen es trotzdem, okay? Einfach, weil es schwierig ist!"

„Wie du meinst. Es ist deine Suche."

Bevor ich etwas erwidern kann, kündigt ein mehrstimmiges Zischen die Bewohner des Stollens an. Ich seufze und ziehe mein Eisenschwert. Diamant wäre mir lieber, aber wenn ich die Ausmaße der Schlucht sehe, wage ich gar nicht, mir vorzustellen, wie tief wir dafür hätten graben müssen.

Platon beweist, dass seine Behauptung, kämpfen zu können, nicht nur so dahingesagt war. „Ich frage mich wirklich, wo dieses Ungeziefer herkommt", kommentiert er, während er einer Höhlenspinne den Rest gibt. „So viele Tiere können doch hier gar nicht genug Nahrung finden."

„Sie spawnen immer wieder neu", erkläre ich.

„Sie tun was?"

Ich versuche, ihm zu beschreiben, was ein Monsterspawner ist.

„Dann müssen wir ihn eben zerstören, diesen Sporner", schlägt Platon vor.

„Das ist nicht so einfach. Außerdem lohnt es sich nicht. Lass uns lieber Steine aus der Wand schlagen und eine Brücke auf die andere Seite bauen."

Als ahnten die Spinnen, dass wir ihr Reich bald für immer verlassen und ihnen damit als Beute entwischen werden, greifen sie uns jetzt von zwei Seiten gleichzeitig an. Kaum habe ich eins der Biester erledigt, kommt auch schon ein neues die Decke entlang gekrochen. Als wir endlich alle Angreifer getötet haben, ist meine Lebensenergie bedrohlich tief gesunken. Sicherheitshalber schotte ich unser Gangstück mit ein paar Steinwürfeln ab, damit keine neuen Monster kommen können, bis wir uns erholt haben.

Als ich zwei volle Stapel Steinblöcke in meinem Geist habe, entscheide ich, dass es genug ist, und betrete die

Holzbrücke. Als wir das Ende erreichen, beuge ich mich vorsichtig vor. Der Anblick des Abgrunds erzeugt ein starkes Schwindelgefühl. Als ich vornüber zu kippen drohe, kann ich gerade noch rechtzeitig einen Steinblock an den Holzwürfel kleben, auf dem ich stehe.

Auf diese Weise verlängere ich die Brücke Stück für Stück. Doch die Schlucht ist noch breiter, als ich dachte. Als ich alle 128 Blöcke in meinem Kopf verbraucht habe, liegt immer noch eine Lücke von mindestens 50 Würfeln vor uns. Zum Glück hat Platon fast ebenso viele Blöcke abgebaut wie ich. Auf meine Bitte hin gibt er sie mir (das sieht irgendwie eklig aus, als würde er sie herauswürgen), so dass ich die Arbeit fortsetzen kann.

Endlich haben wir die Lücke geschlossen und erreichen das etwa zwanzig Blöcke lange Reststück der Brücke auf der anderen Seite. Dahinter öffnet sich ein weiterer Minenschacht. Also noch mehr Spinnen!

Sorgenvoll betrachte ich mein Schwert. Es sieht schon ziemlich abgenutzt aus. Auch meine Rüstung hat schon einige Beulen bekommen, im übertragenen Sinn natürlich, denn in der Würfelwelt gibt es so etwas wie Beulen nicht. Wir müssen wohl erst mal neue Waffen und Rüstungen anfertigen, bevor wir uns in noch gefährlichere Regionen wagen können. Das sollte allerdings kein Problem sein - ich kann von hier aus ein Dutzend Stellen sehen, an denen Eisenerz in der Felswand schimmert.

Während ich noch überlege, welche Erzader am leichtesten zu erreichen ist, sehe ich in der Höhle vor uns eine Bewegung. Ein kolossales Monstrum kommt den Stollen entlang auf uns zugestapft. Es besteht aus grau gefleckten Würfeln, über die so etwas wie Lianen wuchern, und erinnert in seinen stampfenden Bewegungen ein wenig an einen kruden Roboter aus einem hundert Jahre alten Science Fiction-Stummfilm. Ein Eisengolem!

Normalerweise sind diese Mobs in Dörfern zu finden, wo sie die Dorfbewohner vor Zombies und anderen Unholden beschützen. Wenn man einmal gesehen hat, wie sie mit ihren langen Armen Skelette, Zombies, Spinnen und sogar Endermen durch die Luft schleudern, bekommt man eine Menge Respekt vor diesen Kerlen. Gegenüber Spielern verhalten sie sich neutral, solange man die Dorfbewohner nicht angreift. Es ist also wahrscheinlich, dass der Golem uns nichts tut. Andererseits habe ich gelernt, dass man sich in der Würfelwelt über nichts sicher sein kann.

Der Golem bleibt am Eingang des Stollens stehen und starrt uns an. Wenigstens geht er nicht gleich auf uns los. Aber er ist so breit, dass er den Weg blockiert.

Was nun? Wir könnten versuchen, ihn zu zerstören, aber wahrscheinlich würden wir dabei den Kürzeren ziehen. Golems sind ziemlich stabil, und ein Treffer der langen Arme würde uns in hohem Bogen in den Abgrund befördern. Also lieber mit Intelligenz vorgehen statt mit roher Gewalt.

Ich baue einen kleinen Seitensteg, der von der Brücke ein paar Blöcke weit nach rechts führt. Dann führe ich den Steg links weiter, so dass er parallel zur ursprünglichen Brücke verläuft. Der Golem folgt meinen Aktionen mit seinem starren Blick, rührt sich aber nicht von der Stelle. Als ich die Felswand erreiche, schlage ich mit der Spitzhacke einen Tunnel hinein. Nach ein paar Schritten stoße ich praktischerweise auf eine ergiebige Eisenerzader, so dass ich kurz innehalte, um für Platon und mich neue Schwerter zu craften.

Den Tunnel noch ein paar Blöcke verlängert, dann

ändere ich die Richtung nach links, so dass ich wieder auf den Stollen stoßen müsste, dessen Eingang der Golem immer noch bewacht. Als ich den Block vor mir entferne, dringt Licht herein. Doch in der nächsten Sekunde schiebt sich ein großer metallischer Kopf in mein Blickfeld, und schwarzrote Augen starren mich an.

Das gibt's doch nicht! Woher wusste der Golem, dass wir hier auftauchen würden? Kann er uns durch die Felswand wahrnehmen? Oder hat er gar unsere Pläne durchschaut? Golems sind normalerweise nicht sehr intelligent und verhalten sich gegenüber Spielern passiv, aber was ist hier schon normal? Vielleicht versteht er mich ja sogar.

„Geh zur Seite, Golem!“, befehle ich.

Der Golem starrt mich reglos an.

„Kann ich behilflich sein?“, fragt Platon. Höre ich da Sarkasmus in seiner Stimme?

„Wenn du eine Idee hast, wie wir an diesem Monstrum vorbei kommen, bitteschön. Er scheint etwas dagegen zu haben, dass wir diesen Gang betreten.“

„Woraus du schließt, dass es genau das ist, was wir tun müssen“, stellt Platon fest.

„Exakt. Rätsel und Aufgaben sind dazu da, gelöst zu werden, oder nicht?“

„Wer weiß schon, welchem Zweck die Rätsel des Lebens dienen? Wären sie nicht alle schon gelöst, wenn man das wüsste?“

„Also hast du nun eine Idee oder nicht?“

„Kennst du die Fabel von dem verhungerten Esel?“

„Nein.“

„Die geht so: Ein Esel wanderte über ein Feld. Da kam er an zwei Feigenbäume. Beide trugen herrliche Früchte.

Da der Esel Feigen über alles liebte, lief ihm bereits das Wasser im Munde zusammen. Also lief er auf die Bäume zu, bis er genau zwischen ihnen stand. Doch da beide Bäume gleich viele und gleich große Früchte trugen, konnte er sich nicht entscheiden, welchem er sich zuerst zuwenden sollte. Mal sah er zu dem linken Baum, doch sobald er ihn sehnsüchtig anstarrte, hatte er das Gefühl, dass der rechte noch herrlichere Früchte trüge. Also blickte er dorthin, verlor den linken Baum aus dem Auge und stellte sich sogleich vor, dass die Feigen an jenem noch größer und saftiger wären. Und so wendete er den Kopf hin und her, ohne sich jemals einem der Bäume zu nähern, bis er des Hungers starb."

„Und was willst du mir mit dieser Geschichte sagen? Dass ich ein dummer Esel bin, weil ich mich nicht entscheiden kann, was wir jetzt tun sollen?"

„So eine Verunglimpfung würde ich mir nie erlauben."

„Das wollte ich dir auch nicht geraten haben!"

„Ich meinte die Verunglimpfung des Esels. Es sind stolze Tiere."

„Danke!"

„Gern geschehen."

Während der Golem uns immer noch misstrauisch anstarrt, versuche ich, meinen Zorn auf den besserwisserischen Schlaumeier neben mir herunterzuschlucken. Am meisten ärgert es mich, zu wissen, dass dieser Nervbolzen auf irgendeine Weise ein Teil von mir ist! Ich wünschte, Gronkh oder Concrafter wären hier – die hätten bestimmt gewusst, wie es weitergeht. Auf jeden Fall würden sie mir keine Geschichte von irgendwelchen Eseln erzählen. Stattdessen würden sie mir einen Rat geben, wie ich diesen dämlichen Golem loswerde. Sie würden mir erklären, wie man eine Golem-Falle baut oder wie ich ihn irgendwie in die Irre führen kann oder ... Ich Idiot!

„Du hattest recht. Ich bin wirklich ein dummer Esel."

„Ich sagte schon, es sind stolze Tiere. Sie sind nicht dumm, nur gierig und manchmal etwas starrsinnig. Genau wie so mancher meiner Schüler."

„Also, du hast mich da doch auf eine Idee gebracht. Pass auf ..." Während ich ihm meinen Plan erkläre, sieht er mich skeptisch an, widerspricht jedoch nicht. Wir gehen ein paar Schritte den Gang zurück, argwöhnisch von dem Golem beäugt. Dann graben wir jeder einen Seitengang, ich zurück in Richtung der Schlucht, Platon in die entgegengesetzte Richtung. Nach zehn Blöcken ändere ich die Richtung nach rechts, zurück zum Stollen, und hoffe, dass Platon nun dasselbe tut, nur spiegelverkehrt.

Tatsächlich: Genau in dem Moment, in dem ich den letzten Block vor mir entferne und auf den Stollen hinaustrete, macht der Philosoph in 21 Blöcken Entfernung dasselbe. Der Golem steht genau in der Mitte zwischen uns und blickt hin und her, rührt sich jedoch nicht von der Stelle. Es funktioniert!

Aber was jetzt? Zwar haben wir den Golem festgesetzt, aber wir können uns nicht bewegen, ohne das Patt aufzuheben. Wenn einer von uns einen Schritt auf den Golem zu oder von ihm weg macht, wird er sofort aus seiner Starre erwachen und möglicherweise den näheren von uns angreifen. Ich habe meinen Plan wohl nicht ganz zu Ende gedacht.

„Hast du vielleicht noch eine Fabel für mich?", rufe ich Platon zu.

„Willst du die von dem Schüler hören, der nicht selber denken konnte, oder die von dem Lehrer, der sich aus

Verzweiflung eingemauert hat, damit er nie wieder eine Frage gestellt bekam?“

„Ja, ja, du mich auch!“, rufe ich wütend zurück. Doch dann stutze ich. „Wie war das noch mit dem Lehrer?“

Zur Antwort fängt Platon an, vor sich eine Mauer zu errichten. Als er den letzten von neun Steinblöcken platziert hat und der Stollen geschlossen ist, setzt sich der Golem ruckartig in Bewegung und kommt auf mich zu. Schnell mauere auch ich den Gang vor mir zu. Dann gehe ich durch den Seitengang zu Platon.

Ich grinse verlegen, als ich bei ihm bin. Gedanklich jedenfalls, mein Pixelgesicht grinst ja ohnehin die ganze Zeit. „So langsam fange ich an, zu verstehen, wie sich ein Lehrer fühlen muss, der begriffsstutzige Schüler hat.“

„Das bezweifle ich.“

19.

Wir setzen unseren Weg durch die verlassene Mine fort und erreichen bald eine Kreuzung. Überall hängen Spinnweben, doch das charakteristische Zischen ist nicht zu hören. Da wir keinen Grund haben, die Richtung zu ändern, gehen wir geradeaus weiter. Der Stollen knickt kurz darauf nach rechts ab und mündet in einen Quergang. Wir wenden uns nach links, tiefer in die Felswand hinein. Wann immer wir an eine Kreuzung oder Einmündung gelangen, versuchen wir, diese Richtung beizubehalten. Bald wird klar, dass auch dieses alte Bergwerk viel größer ist als alle, die ich jemals im Spiel gesehen habe.

„Wo sind die Spinnen?“, fragt Platon nach einer Weile.

„Ich weiß es nicht. Es scheint keine zu geben. Vielleicht bedeutet das, dass wir hier falsch sind.“

„Was denkst du?“

„Ich habe ein komisches Gefühl. Als ob etwas ganz und gar nicht stimmt. Wie ... die Ruhe vor dem Sturm.“

„Dann sollten wir noch eine Weile weitergehen. Umkehren können wir immer noch.“

Also setzen wir unseren Weg fort. An der nächsten Kreuzung gehen wir wieder geradeaus, doch nach einer Biegung endet der Stollen in einer Sackgasse. Ich will gerade umkehren, da sehe ich ein bläuliches Glitzern in der Höhlenwand am Ende des Ganges. Eine Diamantader!

Die Gelegenheit sollten wir nicht ungenutzt lassen. Mit der Eisenspitzhacke bearbeite ich den Block.

„Meinst du nicht, wir haben Besseres zu tun als hier nach Reichtümern zu graben?“, fragt Platon, als ich den Block endlich aus der Wand geschlagen habe und ein blauer Pixeldiamant von der Größe eines Tennisballs in meinem Kopf erscheint.

„Diamanten sind sehr nützlich“, erkläre ich und zeige auf einen zweiten Block aus Diamantgestein hinter dem, den ich gerade herausgeschlagen habe. „Man kann daraus Schwerter und Rüstungen herstellen, die härter sind als die aus Eisen.“

„Nun gut, dann will ich dir helfen.“

Als wir die beiden Blöcke entfernt haben, finden wir dahinter noch mehr Diamanten. Im Computerspiel habe ich nur selten drei Blöcke mit Diamantgestein auf einmal gefunden; hier scheint eine riesige Ader zu sein. Anscheinend ist in dieser Version der Würfelwelt alles größer. Doch nach einer Weile wird mir mulmig. Die Ader nimmt überhaupt kein Ende. Wir haben bereits einen tiefen Gang geschlagen und mehr als genug, um Waffen und Rüstungen für uns beide herzustellen, und trotzdem glitzert es um uns herum immer noch.

„Das gefällt mir nicht“, spricht Platon meine Befürchtungen aus. „Die Götter schenken einem solche Reichtümer nicht ohne Grund.“

„Dann nutzen wir das Geschenk besser.“ Ich stelle Diamantrüstungen, Schwerter und Spitzhacken für uns beide her.

„Wenn wir schon den Heldentod sterben müssen, dann sehen wir jedenfalls gut dabei aus“, stellt der Philosoph fest.

Wir gehen zurück zur Kreuzung und wenden uns aufs Geratewohl nach rechts. Die Spinnenweben werden in dieser Richtung dichter, doch immer noch ist nichts von den Achtbeinern zu sehen.

Auch dieser Gang endet in einer Sackgasse. Das Ende ist von Spinnweben überwuchert. Ich fange an, mit dem

Schwert darauf einzudreschen.

„Was soll das nun wieder?“, fragt Platon. „Glaubst du, diese Gänge reinigen zu müssen, wie einst Herakles den Stall des Augias?“

„Nur so ein Gefühl.“

Die Spinnweben sind reichlich zäh. Erst, als fast alle beseitigt sind, fällt mir wieder ein, dass es mit einer Schere oder einem Wassereimer viel leichter gewesen wäre, sie zu entfernen. Doch die Arbeit hat sich gelohnt, denn am Ende des Stollens kommt unter den Weben ein Loch im Boden zum Vorschein. An der Rückseite sind Leitersprossen zu erkennen.

„Da müssen wir runter, nehme ich an“, stellt Platon fest.

„Sieht so aus.“

„Und?“

„Und was?“

„Warum gehst du dann nicht hinunter?“

„Ich ... nun ja ...“

„Du hast Angst, nicht wahr, junger Held?“

„Ja.“

Die Tatsache, dass wir durch diese riesige Mine gelaufen sind, ohne eine einzige Spinne zu treffen, lässt mich befürchten, dass das, was dort unten auf uns wartet, umso übler ist. Noch schlimmer ist allerdings die Erinnerung an das Loch im Nether und das, was ich danach erlebt habe. Ich weiß, ich muss da runter, doch ich bringe es nicht fertig, auch nur ein Bein zu krümmen.

„Glaubst du, der große Herakles, der schon als Säugling zwei Schlangen erwürgte, hat jemals Angst gehabt?“

„Ich bin nun mal kein griechischer Held, zum Kuckuck!“

Platon sieht mich mit seinen schielenden Pixelaugen an. „Er war der stärkste Mensch, der je gelebt hat, doch auch er hat sich gefürchtet, glaub mir! Ein Held zu sein, bedeutet nicht, keine Furcht zu empfinden, sondern sie zu überwinden."

„Aber ich bin nicht Herkules", stöhne ich. „Ich kann da nicht runter. Ich schaff es einfach nicht."

„Was suchen wir?", fragt mein Lehrer.

Das weiß ich auf einmal selbst nicht mehr so genau. „Einen Ausgang aus dieser Welt, nehme ich an."

„Wie hieß noch die Jungfrau, von der du mir erzählt hast?"

„Amelie?"

„Ja. War es nicht sie, für die du Gefahren und Leid auf dich genommen hast?"

„Vielleicht hab ich mir ja bloß eingebildet, mit ihr geredet zu haben. Wahrscheinlich hat Dr. Johannsen die Wahrheit gesagt: Ich bin bei einem Autounfall ins Koma gefallen. Meine Mutter ist tot, und Amelie interessiert sich nicht die Bohne für mich. Warum also sollte ich überhaupt versuchen, aus dieser Welt zu entkommen?"

Platons Augen funkeln, und über das bisher gütige Gesicht legt sich ein Schatten. Oder jedenfalls kommt es mir so vor. „Bei den Göttern! Kann es wirklich sein, dass ich meine Zeit mit einem einfältigen Kind vergeudet habe? Was ist bloß aus den Menschen geworden, wenn ein kräftiger Jüngling wie du schon vor einem Loch im Boden erzittert wie ein jämmerlicher Feigling?"

„Sagtest du nicht gerade, selbst Herakles hätte Angst gehabt?"

„Ja, die hatte er. Aber er besaß etwas, mit dem er seine Furcht überwinden konnte und das dir offenbar fehlt: Mut!"

Jetzt reicht's mir aber! „Was weißt du denn von Mut, du griechisches Großmaul? Außer ein paar Schlaumeiersprüchen und albernen Märchen hast du doch nichts drauf! Du behauptest, weise zu sein, aber du weißt ja nicht mal, wie man ein Diamantschwert herstellt!"

„Ich sehe, du benötigst meine Hilfe nicht mehr", sagt Platon. „Ich wünsche dir viel Glück. Mögen die Götter dich beschützen, während du in deinem gemütlichen Bettchen liegst und von großen Abenteuern träumst!" Damit stapft er den Gang entlang.

„Dann geh doch!", rufe ich ihm nach. „Auf deine Binsenweisheiten kann ich prima verzichten!"

Erst, als Platon außer Sichtweite ist, wird mir bewusst, wie still es auf einmal geworden ist. Das Gewicht von tausenden von Steinblöcken scheint auf mir zu lasten. Der Philosoph war ohne Zweifel eine Nervensäge, aber ich war wenigstens nicht allein.

Niedergeschlagen starre ich das Loch an. Wenn ich wenigstens wüsste, dass Amelie tatsächlich irgendwo auf mich wartet! Für sie wäre ich bereit, jede Gefahr auf mich zu nehmen. Als ich zum ersten Mal durch die Würfelwelt wanderte, habe ich ihre Stimme gehört. Sie war wie ein Licht in der Ferne, das mir Mut gegeben hat.

Je mehr ich darüber nachdenke, desto stärker werden die Zweifel, dass meine Erinnerungen an die Gespräche mit ihr real sind. Mal im Ernst: Warum sollte sich ein Mädchen wie Amelie für jemanden wie mich interessieren? Warum sollte sie sich mir anvertrauen und mir erzählen, was ihr Stiefvater ihr angetan hat? Das klingt doch verdächtig nach der Fantasie eines Teenagers, der in ein Mädchen verknallt ist, das er niemals haben kann.

Verzweifelt horche ich, in der Hoffnung, irgendwo in weiter Ferne ein Echo ihrer Stimme zu hören. Doch da ist nur ein leises Zischen hinter mir.

Erschrocken fahre ich herum. Direkt hinter mir steht ein Creeper! Er schwillt bereits an. Ich mache einen Satz nach hinten und versinke in dem Loch im Boden. Sekundenbruchteile später gibt es eine gewaltige Explosion. Ich spüre einen leichten Stromschlag, doch der Schaden wird größtenteils von der Diamantrüstung abgefangen. Die trichterförmige Öffnung des Kraters, den er gerissen hat, wird rasch kleiner, während ich tiefer in die Dunkelheit sinke. Ich kann spüre, wie die Leitersprossen neben mir vorbeigleiten. Ich könnte sie ergreifen und wieder nach oben klettern, doch ich weiß, dass Platon recht hat: Das wäre bloß feige.

Die Leiter endet in einem mit Spinnweben überzogenen Gang, der sich ein paar Schritte weiter in eine große Höhle öffnet. Orangefarbenes Licht glüht mir von dort entgegen.

Ich nehme all meinen Mut zusammen, zücke mein Diamantschwert und gehe auf die Öffnung zu. Doch als ich sehe, was mich dahinter erwartet, erstarre ich vor Entsetzen.

Die Höhle durchmisst mindestens hundert Blöcke und dürfte halb so hoch sein. Auf der gegenüberliegenden Seite ist die Skulptur eines gigantischen Gesichts in den Felsen gehauen. Es erinnert mich an die Portraits von Amelie, die ich auf meinem ersten Irrweg durch die Würfelwelt sah, doch dieses hier ist unheimlicher. Die Augen leuchten orangerot. Tränen aus Lava rinnen daraus herab in einen kleinen See unterhalb des Kinns. Der Mund scheint zu einem Schrei geöffnet.

In der Mitte der Höhle hockt ein Monster, das alles, was ich bisher in Minecraft gesehen habe, in den Schatten stellt. Es ist eine riesige Höhlenspinne, ihr Körper groß wie ein Schulbus, jedes der acht Beine gut zehn Blöcke lang.

Anders als bei den normalen Minecraft-Spinnen haben die Gliedmaßen Gelenke, so dass das Monstrum einer echten Spinne erschreckend ähnelt. Seine acht Augen glühen nicht rot, sondern violett wie die eines Endermans.

„Äh ... hallo!“, sage ich. Man weiß ja nie, ob Freundlichkeit nicht doch hilft.

Die Spinne reagiert nicht. Sie hockt nur da, sieht mich an und wartet.

Mir ist klar, dass ich diese Höhle durchqueren und den Mund des Steingesichts auf der anderen Seite erreichen muss. Ich versuche, in die Minecraft-Trickkiste zu greifen und einen Tunnel unter dem Monster hindurch zu buddeln, doch Boden und Höhlenwände bestehen aus Bedrock. Ich hacke trotzdem darauf ein, das hat ja immerhin schon mal geklappt, aber diesmal richte ich nichts aus. Eine Brücke zu bauen funktioniert auch nicht, da Spinnen an Wänden hochklettern und springen können.

Wenn wenigstens Platon hier wäre! Ich bereue, dass ich ihn fortgetrieben habe. Auch wenn er genervt hat, mit ihm an meiner Seite stünde ich diesem Ungeheuer wenigstens nicht ganz allein gegenüber. Ich werfe einen sehnsüchtigen Blick zurück zu der Leiter. Ich könnte einfach wieder nach oben klettern und mir einen anderen Weg suchen. Wenn ich es geschickt anstelle, dann ...

Wem mache ich etwas vor? All das hier ist eine Art Aufgabenparcours, den mir mein eigenes gestörtes Unterbewusstsein stellt. Und das weiß leider ganz genau, wovor ich am meisten Angst habe. Es nützt nichts, ich muss da durch. Man kann sich schließlich nicht selbst beschummeln. Also atme ich tief durch, halte mein Diamantschwert hoch und trete tapfer in die Höhle.

„Du bist nicht real!“, rufe ich und komme mir dabei vor

wie Gandalf, der in den Minen Morias dem Balrog Einhalt gebietet. „DU – BIST – NICHT – REAL!“

Kaum habe ich die Höhle betreten, setzt sich die Spinne in Bewegung. Sie bewegt sich erschreckend schnell. Wenn ich nicht in einem Kastenkörper steckte, würde ich jetzt vor Angst schlottern.

Ich habe gerade noch Zeit, ein kümmerliches „Du bist … nicht real?“ zu krächzen, da erreicht mich das Monster. Seine beiden Vorderbeine packen mich und heben mich hoch, direkt vor den gigantischen Kopf. Das geht so schnell, dass ich nicht einmal die Zeit habe, einen Schwerthieb auszuführen. Jedes der acht Augen füllt einen eigenen Block. Ihr hypnotisches Leuchten verdrängt alle Gedanken aus meinem Gehirn. Ich habe nicht einmal mehr Angst. Da ist nur die ruhige Gewissheit, dass ich versagt habe.

Unterhalb der Augen hat die Spinne zwei Blöcke, aus denen zangenartige Mundwerkzeuge herausragen. Sie sind mit grünen Pixeln gesprenkelt, die wahrscheinlich das Spinnengift symbolisieren, und öffnen und schließen sich rhythmisch. Jedes Mal, wenn sie einander berühren, machen sie ein Geräusch: Klackklackklackklackklack …

Mit all meiner Konzentration wende ich meinen Blick von den Spinnenaugen ab und blicke zu dem Lava weinenden Gesicht. *Es tut mir leid, Amelie.*

Die Spinne führt mich dichter zu ihren Mundwerkzeugen. Doch statt zuzubeißen, schießen plötzlich Fäden aus einer Öffnung darunter hervor. Ich werde so schnell in der Luft herumgewirbelt, dass mir schwindelig wird, während mich das Monster in einen Kokon einspinnt.

Mich immer noch in ihren Vorderbeinen haltend, krabbelt die Spinne in eine Höhlenecke, in der mehrere Dutzend eingesponnene Opfer wie Mumien aufgereiht sind.

Unter den Spinnenweben erkenne ich die reglosen Gestalten von Skeletten, Zombies und sogar einem Creeper. Als mich die Riesenspinne neben ihm ablegt, beginnt er leise zu zischen, doch anscheinend sind die Fäden so fest, dass er nicht einmal explodieren kann. Irgendwann hört das Zischen wieder auf.

Die Spinne krabbelt wieder zurück in die Höhlenmitte und hockt sich so hin, dass sie den Eingang im Blickfeld hat, als warte sie auf den Nächsten, der dumm genug ist, die Höhle zu betreten.

Ich versuche, mich zu rühren, aber das ist sinnlos. Erst jetzt fällt mir ein, dass ich zwei Wassereimer in meinem Inventar habe. Wasser ist eine gute Methode, um Spinnweben fortzuspülen. Doch so sehr ich mich auch anstrenge, ich habe keine Möglichkeit, einen der Eimer aus meinem Kopf zu materialisieren. Ich bin vollkommen hilflos der Willkür des Monsters ausgeliefert, das anscheinend jegliches Interesse an mir verloren hat.

Eine Szene aus dem „Herrn der Ringe“ fällt mir ein: Frodo, von der Riesenspinne Kankra vergiftet, wird von Orks in ihre Festung gebracht. Sein Kumpel Sam verfolgt die Orks, schlägt sie mit einer List in die Flucht und befreit seinen Freund. Doch den einzigen Freund, den ich in dieser Welt hatte, habe ich verärgert. So bleibt mir nichts übrig, als zu warten, bis die Spinne Hunger bekommt und mich endlich aus meinem Schicksal erlöst.

„Dumm gelaufen, was?“, sage ich zu dem Creeper neben mir.

Er zischt zustimmend.

20.

„Bei den Göttern! Welch scheußlicher Fluch bringt solche Missgeburt hervor?"

Ich schrecke aus dem Dämmerzustand, in den ich vor einiger Zeit gefallen bin. Eine einsame Gestalt mit weißem Bart und Diamantrüstung steht im Höhleneingang, lächerlich klein im Vergleich zu der Spinne. Platon ist zurückgekehrt, um mich zu retten! Ich empfinde tiefe Dankbarkeit, jedoch keine Erleichterung. Dass er das Monster besiegen kann, erscheint mir ausgeschlossen.

Die Spinne hockt reglos da und wartet darauf, dass der Philosoph einen Fuß in ihr Reich setzt.

„Bleib wo du bist!", brülle ich so laut ich kann. „Sie ist sehr schnell. Sobald du die Höhle betrittst, packt sie dich und spinnt dich ein!"

Die Spinne dreht mir kurz den Kopf zu und blickt mich an, als ärgere sie sich darüber, dass ich ihr den Spaß verdorben habe.

„Harre aus, mein Freund!", ruft Platon. „Ich komme dir sogleich zu Hilfe!"

„Vergiss es!", rufe ich zurück. „Du hast keine Chance!"

Zur Antwort höre ich ein Sirren, und dann ein wütendes Zischen. Platon hat einen Pfeil in eines der acht violetten Augen geschossen.

Die Spinne springt auf den Ausgang zu, doch der ist viel zu eng für sie.

„Ja, komm ruhig näher, du vieläugiger Bastard der Arachne und des Polyphem!"

Ein zweiter Pfeil surrt durch die Luft. Die Spinne zischt erneut und zieht sich wieder in die Höhlenmitte zurück. Ich komme mir vor wie ein Riesentrottel, dass ich nicht selbst auf die Idee gekommen bin, das Monster vom Eingang aus mit Pfeil und Bogen zu bekämpfen.

Drei weitere Pfeile finden ihr Ziel. Das Glühen der getroffenen Augen erlischt. Die Spinne reibt mit ihren Vorderbeinen über ihren Kopf in dem vergeblichen Versuch, die Geschosse zu entfernen. Unermüdlich spannt Platon den Bogen, und zwei weitere Augen erblinden für immer. Jetzt ist nur noch ein Einziges übrig. Doch das Monster begreift nun, dass es seine Taktik ändern muss. Es dreht sich um und wendet Platon sein riesiges Hinterteil zu. Er schießt ein paar weitere Pfeile ab, doch die richten nicht mehr Schaden an als Mückenstiche.

Eine Zeitlang herrscht ein Patt: Platon steht im Eingang, die Spinne hockt reglos in der Mitte. Dann betritt der Philosoph vorsichtig die Höhle.

Das Herz schlägt mir bis zum Hals, als ich beobachte, wie er sich an der Wand entlang in meine Richtung schleicht.

Die Spinne scheint es nicht zu merken. Doch als Platon auf halbem Wege zu mir ist, dreht sie sich blitzschnell herum und krabbelt auf ihn zu.

Zwusch - ein weiterer Pfeil findet sein Ziel. Die jetzt blinde Spinne stößt ein schreckliches Geräusch aus, das wie das Zerquetschen eines Autos in einer Schrottpresse klingt. Ihre langen Beine tasten nach Platon, doch der weicht ihr geschickt aus und rennt im Zickzack quer durch die Höhle.

Der Kopf der Spinne ruckt hin und her, ihre Gliedmaßen zucken. Es sieht aus, als führe sie einen seltsamen Tanz auf. Sollte sie Platon erwischen, ist er verloren. Das wütende Monster wird sich bestimmt nicht damit aufhalten, ihn lebendig in einen Kokon einzuspinnen.

„Hier bin ich, du Scheusal!", ruft der alte Grieche vom Rand des Lavasees her.

Augenblicklich jagt die Spinne auf ihn los. Platon bleibt ruhig stehen.

„Ja, hierher. Komm ruhig näher!"

Die Spinne zögert. Sie hockt sich ein paar Blöcke entfernt hin, als traue sie dem Braten nicht. Ihre Beine tasten hin und her. Ein paar Mal verfehlen sie ihre Beute nur ganz knapp.

„Nun mach schon! Ich hab nicht die ganze Ewigkeit Zeit!", höhnt der Philosoph.

Diese Provokationen lässt sich das Monster nicht länger gefallen. Es duckt sich, stößt ein wütendes Zischen aus und macht einen Satz nach vorn.

Platon wirft sich im genau richtigen Moment flach auf den Boden. Die Spinne segelt über ihn hinweg in die Lava. Augenblicklich geht ihr gewaltiger Körper in Flammen auf. Die riesigen Beine strampeln verzweifelt, doch das Monster kann sich nicht mehr befreien. Es stößt einen schrillen Todesschrei aus, dann hört es auf zu zucken.

Mein Retter läuft zu mir. Ich würde ihm am liebsten um den Hals fallen, aber ich stecke ja immer noch in dem Kokon. Da ich nicht weiß, wie ich meine Gefühle ausdrücken soll, bringe ich nur ein einfaches „Danke!" heraus.

„Keine Ursache. Ich wollte schon immer mal ein richtiger Held sein, so wie Odysseus, der einst den Zyklopen Polyphem mit einem glühenden Pfahl blendete. Von dieser Sage hatte ich übrigens meine Idee." Er säbelt mit dem Schwert an meinem Kokon herum. Die Spinnweben sind zäh, doch Stück für Stück gelingt es ihm, mich zu befreien.

„Du bist ein wahrer Held!“, erwidere ich. „Es tut mir leid, dass ich dich ein Großmaul genannt habe.“

„Und ich hätte dich nicht einen Feigling nennen sollen. Was du mir über deine bisherige Reise erzählt hast, zeigt, dass du der größere Held von uns beiden bist. Außerdem kann ich von dir noch viel über diese Welt lernen.“

„Ich werde …“, beginne ich, doch dann fällt mein Blick auf das Steingesicht. „Au verdammt!“

„Was ist? Hab ich dich verletzt?“

„Nein. Sieh mal hinter dich!“

Platon dreht sich um und erstarrt. Aus der Mundöffnung krabbeln lautlos Höhlenspinnen. Gut zwei Dutzend von ihnen bewegen sich bereits über das Gesicht und die Höhlenwände auf uns zu, und es werden immer mehr.

„Bei Hera! Nimmt das denn nie ein Ende? Was hast du den Göttern angetan, dass sie dich so prüfen?“

Das wüsste ich auch gern. Platon hat die Höhlenspinne mit List und Tücke besiegen können, doch gegen diese Spinnenarmee wird das wenig nützen.

„Was machen wir jetzt?“, frage ich.

„Sterben, nehme ich an“, erwidert der Philosoph trocken.

Inzwischen sind meine Arme frei, so dass ich die restlichen Spinnweben selbst entfernen kann. Platon hat sein Schwert gezückt und fuchtelt damit in der Luft herum. „Kommt ruhig her!“, sagt er, doch man merkt, dass sein überheblicher Tonfall nur aufgesetzt ist.

Inzwischen müssen es mindestens fünfzig Spinnen sein. Sie bedecken den Boden, die Wände, die Decke der Höhle wie eine einzige wimmelnde schwarze Masse. Ich ziehe mein Schwert und will neben Platon treten, doch mein Fuß hängt an den Spinnweben eines Kokons neben mir fest, in dem ein Zombie steckt. Auch Platons Rüstung ist mit klebrigen Fäden bedeckt.

Der Wassereimer fällt mir ein. Ich könnte die Spinnwebenreste abwaschen, dann sterben wir wenigstens mit sauberer Rüstung. Der Gedanke bringt mich auf eine Idee. Es ist ein hohes Risiko, aber was haben wir angesichts der drückenden Übermacht der Spinnen schon zu verlieren?

Die erste Höhlenspinne erreicht uns. Sie stößt ein Zischen aus und springt Platon an, der die Attacke nur knapp mit einem Schwerthieb abwehren kann. Dies scheint das Angriffssignal für ihre Artgenossen zu sein, denn sie beschleunigen nun ihre Bewegungen und krabbeln von allen Seiten auf uns zu.

Anstelle des Schwerts materialisiere ich einen Wassereimer in meiner Hand und kippe den Inhalt über die Kokons links von mir. Augenblicklich lösen sich die Spinnweben auf und Dutzende von Skeletten, Zombies und Creepern erwachen aus ihrer Starre. Ich wiederhole das Manöver mit dem zweiten Eimer auf der rechten Seite.

„Bist du von Sinnen?“, ruft Platon. „Sind dir etwa die Spinnen als Gegner noch nicht genug?“

Der Creeper neben mir beginnt zu zischen, als wolle er Platon recht geben. Doch er trippelt mit seinen kurzen Beinchen an uns vorbei. Erst, als er ein paar Blöcke von uns entfernt ist, explodiert er und reißt mindestens acht Spinnen mit in den Tod.

Nun mischen sich auch die Skelette und Zombies in den Kampf ein. Keiner der Untoten greift uns an. Stattdessen stürzen sie sich auf die Achtbeiner, als hätten sie mit ihnen noch eine Rechnung offen. Im Nu ist die ganze Höhle von wildem Schlachtgetümmel erfüllt. Das Stöhnen der

Zombies, die Klicklaute der Skelette und das Zischen der Spinnen mischen sich zu einer wilden Kakophonie, die klingt, als sei eine riesige Dampfmaschine außer Kontrolle geraten.

Die Untoten ziehen einen Großteil der Spinnenarmee auf sich, aber das bedeutet nicht, dass Platon und ich nichts zu tun bekämen. Ich muss mich der Angriffe von gleich drei Höhlenspinnen erwehren, die von verschiedenen Seiten auf mich zu springen. Platon, der Rücken an Rücken mit mir kämpft, stößt leise Flüche aus, woraus ich folgere, dass es ihm nicht viel besser ergeht.

Zwar kann ich die meisten Angriffe abwehren, doch einem der Monster gelingt es, mich zu beißen. Übelkeit steigt in mir auf und der Boden beginnt, unter mir zu schwanken. Mein Blickfeld verschwimmt, so dass ich nicht mehr genau sehen kann, von wo Spinnen angreifen, und nur noch wild mit dem Schwert in der Luft herumfuchtele.

Ich nehme halb wahr, dass eine Spinne an der Wand neben mir herabklettert und sich zum Sprung bereit macht. Ich will mich umdrehen, um sie abzuwehren, doch das Schwert an meinem Arm scheint plötzlich eine Tonne zu wiegen, so dass ich es nicht rechtzeitig hochreißen kann. Ein Zwusch ertönt, als ein Pfeil dicht an meinem Kopf vorbeizischt und die Spinne trifft, die zurückgeschleudert wird. Als das Monster erneut auf mich zu krabbelt, gebe ich ihm mit einem Schwerthieb den Rest. Ausgerechnet einem Skelett verdanke ich meine Rettung!

Allmählich ebbt der Kampflärm ab. Oder vielleicht sind es auch meine Sinne, die immer weniger von dem Geschehen in der Höhle mitbekommen. Ich bin nicht mehr in der Lage, irgendetwas zu meiner Verteidigung zu tun, kann mich nur noch mit Mühe auf meinen Kastenbeinen halten. Doch wie durch ein Wunder werde ich nicht erneut angegriffen.

„Der Sieg ist unser!“, jubelt Platon.

Allmählich lichtet sich der Nebel in meinem Kopf. Die Wirkung des Spinnengifts scheint nicht lange anzuhalten. Ich fühle mich immer noch sehr schwach, aber ich kann zumindest wieder klar erkennen, wie es um mich herum aussieht. Der Höhlenboden ist bedeckt mit Spinnfäden, Knochen, Fetzen verfaulten Fleisches und ein paar Bögen, Schwertern und Rüstungsteilen. Nur noch drei Skelette und vier Zombies sind übrig. Sie stehen in einer Gruppe beieinander und starren uns an.

„Unngh!“, macht einer der Zombies.

„Unngh!“ gebe ich zurück, in der Hoffnung, dass das so etwas wie Danke bedeutet.

Eines der Skelette hebt seinen Bogen und spannt ihn. Doch der Zombie, der gesprochen hat, streckt seinen Arm aus und berührt den Knochenmann, der daraufhin die Waffe wieder senkt.

„Wir danken euch für eure Hilfe, Bewohner des Hades“, sagt Platon und verbeugt sich tief. Ich tue es ihm gleich.

„Unngh!“, sagt der Zombie. Die Untoten drehen sich um und schlurfen in Richtung des Ausgangs der Höhle, durch den Platon und ich hierhergekommen sind.

„Was für eine Schlacht!“, ruft der Philosoph aus. „Wir werden in die Legenden eingehen! Die Sage von Platon und Marko in der Unterwelt wird noch in Jahrhunderten jedes Schulkind kennen!“

„Dazu müssen wir aber erst mal heile hier rauskommen, damit wir die Geschichte irgendjemandem erzählen können.“

„Da hast du recht, junger Held“, stimmt mir Platon zu.

„Sagtest du nicht, wir müssten etwas finden, das in dieser Welt unmöglich ist, damit ich aus meinem Traum aufwache?", frage ich.

„Ich sagte: Wenn es der Weg aus einem Traum ist, zu erkennen, dass man träumt, und wenn der Weg zu dieser Erkenntnis etwas Unmögliches ist, dann folgt daraus, dass es der Weg aus dem Traum ist, etwas Unmögliches zu finden."

„Aber wir haben gerade etwas Unmögliches bekämpft. Eine Riesenspinne gibt es in Minecraft nicht. Und die Untoten haben uns im Kampf geholfen, was im Computerspiel so bestimmt nicht passiert wäre."

„Wenn wir die Spinne bekämpft haben und uns die Toten beigestanden sind, dann war es nicht unmöglich."

„Was soll das denn heißen?"

Platon antwortet nicht.

Seufzend deute ich auf den offenen Mund des Steingesichts. „Wie dem auch sei, ich schätze mal, wir müssen da durch."

„Es scheint so", stimmt der Philosoph zu.

Der Körper der toten Riesenspinne ragt immer noch halb aus dem Lavasee heraus, so dass er eine Art Insel bildet. Mit einem beherzten Sprung schaffen wir es vom Rand der Lava auf das Hinterteil. Der Körper unter uns erbebt plötzlich. Einen schrecklichen Moment lang befürchte ich, dass das Monster doch noch nicht tot ist, aber es war wohl nur eine Art Reflex.

Eines der Vorderbeine der Spinne ragt aus dem Lavabecken bis zur Mundöffnung und bildet so eine schmale Brücke. Vorsichtig balancieren wir hinüber und erreichen die steinerne Unterlippe.

Vor uns liegt ein finsterer Gang. Als ich eine Fackel an

der Wand befestige, sehe ich, dass er über und über mit Spinnweben bedeckt ist. Da wir kein Wasser mehr haben, müssen wir uns den Weg mit den Schwertern freischlagen. Nach etwa zehn Blöcken erreichen wir einen kleinen quadratischen Raum, in dessen Mitte ein Käfig aus schwarzem Metall steht, der mit Spinnweben überwuchert ist. Im Inneren erkenne ich eine kleine blauschwarze Spinne, die wie wild auf der Stelle kreist, während um sie herum Flammen lodern.

Wir können von Glück sagen, dass der Spawner offenbar eine längere Pause einlegen musste, nachdem er so viele Spinnen generiert hat. Rasch platziere ich ringsum Fackeln, um das Erscheinen der nächsten Monster abzuwenden.

Am anderen Ende des Raums führt eine Treppe in die Tiefe. Sie ist frei von Spinnweben, doch das beruhigt mich irgendwie kein bisschen.

21.

Die Treppe führt etwa zehn Blöcke geradeaus und macht dann einen Knick nach rechts. Nach einem weiteren Dutzend Blöcken knickt sie erneut nach rechts ab, dann wieder nach links. Kurz darauf erreichen wir einen nur drei Blöcke langen Gang, bevor die Stufen auf einmal aufwärtsführen. So geht es weiter: Ohne erkennbaren Grund windet sich die Treppe mal hinauf, mal hinab, mal geradeaus, dann wieder in einer engen Spirale. Die Wände und Stufen bestehen aus Bedrock, der keinerlei Risse zeigt, auch wenn ich noch so frustriert dagegen hämmere. Also bleibt uns nichts anderes übrig, als den Stufen zu folgen.

Nach ungefähr einer Stunde halte ich an. „Meinst du, wir sind hier richtig?", frage ich meinen Begleiter.

„Woher soll ich das wissen?", gibt er genervt zurück. „Du bist doch derjenige, der den Ausgang aus dieser Welt sucht."

„Und du bist derjenige, der alles besser weiß."

„Geht das schon wieder los? Möchtest du den Weg lieber allein fortsetzen und ohne meine Hilfe dem entgegentreten, was immer am Ende dieser Treppe auf dich wartet?"

„Nein, schon gut, tut mir leid. Aber das ist einfach frustrierend! Wir besiegen die Riesenspinne, und statt in der Realität aufzuwachen oder wenigstens einen Raum voller Schätze zu finden, irren wir jetzt auf dieser von einem Schwachsinnigen entworfenen Wendeltreppe herum!"

„*Wir* haben die Riesenspinne besiegt?"

„Ja, ja, schon gut. Du hast sie besiegt. Bist wirklich ein toller Held!"

„Das will ich wohl meinen!"

„Wenn du so super bist, hast du dann auch eine Ahnung, wohin diese Treppe führt?“

„Dieser Tonfall steht dir nicht an. Der Schüler hat dem Lehrer gegenüber Respekt zu erweisen!“

„Ein großartiger Lehrer bist du! Statt mir etwas beizubringen, lässt du mich alles selber rausfinden!“

„Nur so lernst du es.“

„Hrrmpf! Es hat wirklich keinen Sinn, mit dir zu diskutieren.“

Schweigend setzen wir unseren Weg treppauf, treppab fort. Der Vorrat an Fackeln ist uns schon längst ausgegangen, so dass ich dazu übergegangen bin, die Fackel von dem Treppenabschnitt hinter uns wieder zu entfernen, sobald ich eine neue an der Wand vor mir befestigt habe, was den Weg, den ich gehen muss, verdoppelt. Auf diese Weise bewegen wir uns in einer schmalen Lichtinsel inmitten absoluter Dunkelheit. Eigentlich müssten vor und hinter uns Monster spawnen, doch wir bleiben unbehelligt.

Die Hoffnungslosigkeit dessen, was ich hier tue, dringt immer mehr in mein Bewusstsein ein. Jeder Schritt, jede Entscheidung scheint mich tiefer in den Traum zu führen statt zurück in die Realität. Was immer am Ende dieser idiotischen Treppe liegt, ist bestimmt auch bloß wieder eine wirre Halluzination.

Ich bin so vertieft in meine trübsinnigen Gedanken, dass ich beinahe auf die Druckplatte getreten wäre, die vor mir im Halbdunkel kaum zu erkennen ist. Erschrocken bleibe ich stehen und montiere rasch eine Fackel an der Wand. Ihr Licht erhellt einen Raum vor uns, zehn Blöcke breit, drei tief und drei hoch. An der gegenüberliegenden Wand befindet sich eine verschlossene Metalltür. Darüber ist ein

Schild angebracht, das jedoch keine Aufschrift trägt. Beinahe der ganze Boden des Raums ist mit Druckplatten bedeckt.

„Vorsicht!“, ermahne ich Platon. „Das sind höchstwahrscheinlich Auslöser für Fallen.“

„Aha“, sagt der Philosoph nur.

Ich betrachte den Raum genauer und zähle die Druckplatten, die in drei Reihen vor uns angesiedelt sind. In der hintersten Reihe, direkt vor der Wand mit der Metalltür, sind es zehn. In der mittleren Reihe fehlt am rechten Rand eine Platte. In der Reihe vor uns sind es nur acht – in der linken Raumecke ist ein Block frei, dann kommen sieben Druckplatten, ein freier Block und schließlich eine weitere Platte genau in der rechten Raumecke.

Es erscheint unmöglich, einen der freien Blöcke zu erreichen. Sie sind zu weit entfernt, um dorthin zu springen, und selbst wenn wir es schafften, wären wir von der Tür gegenüber noch weiter entfernt als jetzt.

Wenn dies ein Rätsel sein soll, dann sind vermutlich einige der Druckplatten harmlos, während andere Fallen auslösen. Oder wir müssen sie in genau der richtigen Reihenfolge betreten. Aber in welcher? Darauf scheint es keinerlei Hinweise zu geben.

„Fällt dir dazu was ein?“, frage ich Platon.

„Es scheint sich um ein Rätsel zu handeln.“

„Ach wirklich? Darauf wäre ich allein nicht gekommen!“

„Wenn dich meine Meinung nicht interessiert, dann frag mich nicht.“

„Mich würde vor allem interessieren, ob du eine Idee hast, wie wir dieses Rätsel lösen sollen.“

„Wenn die Erhebungen dort Fallen auslösen, dann

scheint, wer immer sie errichtet hat, nicht zu wollen, dass man den Raum durchquert und die Tür auf der anderen Seite erreicht. Aber warum ist dann dort überhaupt eine Tür?"

„Weil es einen sicheren Weg durch den Raum gibt, den aber nur derjenige kennt, der ihn gebaut hat."

„Genau!"

Ich warte eine Weile, doch es kommt keine weitere Erklärung. „Und?", frage ich schließlich.

„Was, und?", fragt Platon zurück.

„‚Und' im Sinne von ‚was willst du mir damit sagen'?"

„In dem Fall müssten wir herausfinden, welcher Weg der sichere ist."

„Das ist ja wohl logisch!"

„Deshalb habe ich es auch nicht extra erwähnt."

Manchmal ist Platon wirklich ein schwieriger Gesprächspartner. „Hast du vielleicht auch nicht extra erwähnt, *wie* wir den sicheren Weg herausfinden können?"

Er seufzt, als hätte er es mit einem ziemlich begriffsstutzigen Schüler zu tun. „Wenn wir keine weiteren Informationen über den richtigen Weg haben, dann gibt es wohl nur eine Möglichkeit."

Bevor ich ihn zurückhalten kann, tritt er auf die Druckplatte direkt vor uns.

Weder explodiert er, noch trifft ihn ein Giftpfeil. Es stürzen auch keine Sandblöcke von der Decke herab und im Boden unter ihm öffnet sich keine Falltür. Stattdessen ertönt nur ein leises Klicken.

„Mir scheint, diese Platte war sicher", stellt Platon fest.

„Die erste Druckplatte muss ja auch harmlos sein", erwidere ich, „sonst könnte man den sicheren Pfad höchstens mit einem geschickten Sprung erreichen, und das wäre für den Erbauer des Raums zu umständlich. Aber jetzt wird's gefährlich: Du hast drei Möglichkeiten - geradeaus, links oder rechts - und wahrscheinlich ist nur eine sicher, während die anderen beiden in den Tod führen."

„Ich bin beim Würfelspiel schon größere Wagnisse eingegangen!", sagt Platon und macht einen Schritt nach rechts. Wieder ertönt nur ein leises Klicken.

„Lass den Unsinn!", rufe ich. „Wenn dies ein Rätsel ist, dann muss man es mit Logik lösen können!"

„Und genau das tue ich!", erwidert er und springt auf die nächste Druckplatte in der mittleren Reihe. Ich zucke unwillkürlich zusammen, doch wieder gibt es statt einer Explosion nur ein leises Klicken. Der Philosoph scheint mehr Glück als Verstand zu haben, was beim größten Denker der Antike schon einiges heißen will.

Platon macht noch einen Schritt nach vorn. Er steht jetzt genau vor der Tür in der gegenüberliegenden Wand. Er klopft dagegen, jedoch ohne Ergebnis.

„Die Tür ist verschlossen", stellt er fest. „Ein Öffnungsmechanismus ist nicht erkennbar."

„Klar. Weil wir die Platten in der richtigen Reihenfolge betreten müssen, um die Tür zu öffnen."

„Gut beobachtet. Und woraus folgerst du das?"

„Das Schild über der Tür hat sich verändert", sage ich und freue mich, dass ich endlich mal etwas weiß, das ihm entgangen ist. „Dort sind Buchstaben erschienen. Jedes Mal, wenn man auf eine Platte tritt, erscheint ein neuer."

„Korrekt. Die ersten drei waren V, B und H. Welches ist der vierte Buchstabe, der erschien, als ich auf diese Platte hier getreten bin? Ich kann es von hier aus nicht erkennen."

„Z", sage ich enttäuscht. Daher also wusste Platon, dass die Druckplatten harmlos sind: Er hat schon beim Betreten der ersten Platte gemerkt, dass ein Buchstabe auf dem Schild erschienen ist, und sich den Rest zusammengereimt.

Ermutigt betrete ich die Platte vor mir und gehe nach rechts, bis ich den freien Block vor der Platte in der Ecke erreiche. Auf dem Schild steht jetzt „VBHZVBNM".

Es gibt insgesamt 27 Druckplatten in dem Raum. Das Alphabet hat 26 Buchstaben. Also bleibt eine Platte übrig, die nicht für einen Buchstaben steht - und das ist höchstwahrscheinlich die Platte hier in der Ecke, die von den übrigen abgetrennt ist. Aber welche Funktion hat sie?

Ich beschließe, Platons Beispiel zu folgen und es einfach auszuprobieren. Beherzt trete ich auf die Eckplatte.

Ein disharmonischer Klang wie aus einem verstimmten Nebelhorn lässt mich zusammenzucken. Auf dem Schild ist ein neuer Text erschienen: „Falsches Passwort". Die Druckplatte in der Ecke ist also so etwas wie die Eingabetaste.

Wir probieren alle Platten aus, um herauszufinden, wo welche Buchstaben zu finden sind. Nach kurzer Zeit wird deutlich, dass das Layout exakt dem einer gewöhnlichen Computertastatur entspricht, wenn man Sondertasten, Leertaste und Umlaute weglässt:

QWERTZUIOP
ASDFGHJKL
YXCVBNM

Nun wissen wir, wie wir ein Wort eingeben können. Fehlt nur noch ein winziges Detail: Welches Passwort ist das Richtige?

„Versuchen wir es mit ‚Amelie'", schlage ich vor.

Es ist nicht ganz einfach, die richtigen Buchstaben auf der Tastatur zu treffen. Zunächst postieren wir uns in der Ausgangsposition: Platon in der linken Ecke neben dem Y, ich rechts neben der Eingabetaste. Ich trete darauf und lösche das Buchstabenwirrwarr auf dem Schild, was mit einem empörten Tröten quittiert wird.

Platon tritt auf die Platte vor sich, ich auf die links neben mir. Jetzt muss er schräg nach vorn springen. Ich betätige das L vor mir, dann das I schräg daneben. Zum Schluss hüpft Platon einmal hoch, um das E, auf dem er bereits steht, noch einmal zu drücken, und ich springe zurück auf den freien Block und betätige die Entertaste.

Es trötet, und auf dem Schild erscheint wieder „Falsches Passwort".

Im Internet wird ein Passwort-Eingabefeld oft schon nach drei falschen Eingaben für längere Zeit gesperrt. Wir wissen nicht, wie viele Versuche wir hier frei haben, und was passiert, wenn sie verbraucht sind. Wir müssen sehr sorgfältig überlegen, welche Wörter wir ausprobieren.

Wenn ich davon ausgehe, dass diese Welt nur in meinem Kopf existiert, dann muss ich das Passwort kennen, so viel ist klar. Natürlich! Was liegt näher, als dasselbe Passwort zu verwenden, das ich auf meinem Laptop vergeben habe?

„Ich bin ein Genie!", rufe ich aus.

„Soll das ein Witz sein?"

„Nein. Das ist mein Passwort, mit dem ich meinen eigenen Computer schütze", sage ich ein wenig pikiert. Als ich es wählte, habe ich es eigentlich selbstironisch gemeint, aber jetzt klingt es doch ein bisschen überheblich.

„Wie du meinst", kommentiert Platon. Sein Gesicht ist ausdruckslos wie immer, aber ich habe das Gefühl, dass er sich ein hämisches Grinsen verkneift.

Diese Buchstabenfolge verlangt uns einige akrobatische Sprünge ab, aber schließlich schaffen wir es, alle Druckplatten in der richtigen Reihenfolge zu berühren, bis auf dem Schild ICHBINEINGENIE steht. Doch als ich auf die Eingabetaste trete, ertönt wieder nur das hässliche Geräusch.

„Das hätte mich auch gewundert", bemerkt Platon trocken.

„Hast du vielleicht eine bessere Idee?"

Er schweigt.

„Lass es uns einfach mit dem Begriff ‚Passwort' versuchen", schlage ich vor.

„Wie du meinst."

Doch PASSWORT bringt ebenso wenig das gewünschte Ergebnis wie FALSCHESPASSWORT (das war Platons Idee) oder ABCDEFG (das war meine). Wenigstens haben unsere Fehlversuche bis jetzt noch keine schlimmere Konsequenz gehabt als ein hässliches Geräusch.

„So wird das nichts", stelle ich fest. „Anscheinend ist das Passwort keines, das ich kenne oder jemals verwendet habe."

„Dann werden wir es wohl niemals herausfinden."

„Aber es muss eine Lösung geben!", behaupte ich. „Rätselräume haben immer eine. Man muss nur logisch an die Sache herangehen!"

„Hm", macht Platon. „Wonach suchen wir hier eigentlich?"

„Nach einem Ausgang?"

Wir versuchen es mit AUSGANG. Fehlanzeige.

„Nach der Wirklichkeit!", rufe ich aus. Aber WIRKLICHKEIT öffnet die Tür ebenso wenig wie

REALITAET.

„Bei den Göttern!“, schimpft der Philosoph. „Das ist einfach unmöglich!“

Ich starre ihn verblüfft an. „Das ist es!“

„Was ist was?“

„Du hast doch gesagt, wir müssen etwas Unmögliches finden, um hier herauszukommen. Vielleicht ist es genau das, was wir hier eingeben müssen!“

„Hm“, macht Platon skeptisch.

Wir hüpfen auf den Druckplatten herum wie zwei Flöhe beim Walzertanzen, bis auf dem Schild „UNMOEGLICH“ zu lesen ist. Mit einem großen Sprung erreiche ich vom H aus die Ecke und trete auf die Eingabetaste.

Statt des hässlichen Trötens erklingt eine glockenartige Melodie. Auf dem Schild steht jetzt „Passwort akzeptiert“. Die Tür darunter öffnet sich lautlos.

22.

Der Raum hinter der Tür ist quadratisch. Die Decke scheint aus derselben Art von bläulichem Glowstone zu bestehen, die damals die Säulenhöhle des Wither beleuchtete. In der gegenüberliegenden Wand befindet sich eine geschlossene Eisentür. In der Mitte des Raums steht eine Statue. Sie sieht aus wie ich, besser gesagt wie mein Würfelweltkörper, nur dass sie aus hellgrauem Stein besteht.

Ungläubig starre ich auf das Amulett, das um ihren Hals hängt. Zwei Schlangen, die eine silbern, die andere golden, sind so ineinander verschlungen, dass sie einen komplizierten Knoten bilden. Jede Schlange hält den Schwanz der anderen im Maul. Im Unterschied zu allen anderen Objekten in der Würfelwelt ist dieses Amulett nicht verpixelt. Die Rundungen der Schlangenkörper sind perfekt, selbst die winzigen, in das Metall gravierten Schuppen sind erkennbar.

Ich kenne dieses Amulett, aber es gehört definitiv nicht hierher. Es stammt aus einer völlig anderen Geschichte.

„Das kann doch nicht wahr sein!“, rufe ich aus. „Das *Auryn*!“

„Das was?“, fragt Platon.

„Das Amulett der Kindlichen Kaiserin!“

„Von einer Kinderkaiserin habe ich noch nie gehört.“

„Es stammt aus der *Unendlichen Geschichte*, einem meiner Lieblingsbücher.“ Ich stutze, als mir ein Gedanke kommt. „Ich habe es gerade erst gelesen, in der Nervenklinik. Vielleicht ... bin ich beim Lesen eingeschlafen, und das hier ist alles nur ein wirrer Traum!“

„Dann muss es eine ziemlich langweilige Geschichte sein.“

„Überhaupt nicht! Sie handelt von einem Jungen, der ein Buch liest und nicht weiß, dass er Teil der Geschichte in dem Buch ist."

„Und dieses Amulett kommt darin vor?"

„Ja. Es verleiht seinem Träger unbegrenzte Macht. Er kann damit tun, was immer er will."

Platon betrachtet das Amulett einen Moment lang schweigend. „Unbegrenzte Macht ...", murmelt er. „Das klingt ziemlich gefährlich!"

„Wie meinst du das?"

„Die Menschen waren noch nie gut darin, mit Macht umzugehen. Ich kannte einst einen aufgeweckten und freundlichen Jungen namens Dionysios. Er war mein Schüler. Als sein Vater, der Herrscher von Syrakus, starb, bestieg er den Thron. Ich setzte große Hoffnungen in ihn, doch er hat sie alle enttäuscht. Die Macht seiner Herrschaft hat ihn verändert. All seine guten Eigenschaften verkümmerten, die schlechten traten hervor wie die Adern an seinem Hals, wenn er einen Wutanfall bekam. Trotz all meiner Lehren war er kein bisschen besser als der rachsüchtige Trunkenbold, dem er nachfolgte. Macht verdirbt den Charakter, junger Marko, glaub mir das. Unbegrenzte Macht können nur die Götter besitzen, ohne davon Schaden zu nehmen. Und selbst bei denen bin ich mir da nicht sicher, so blindwütig, wie sie sich manchmal aufführen."

Nachdenklich betrachte ich das Amulett. „Ich will ja gar keine unendliche Macht. Ich will bloß zurück in die Realität. Und du hast doch gesagt, wir müssen etwas Unmögliches finden, damit mir das gelingt. Etwas, mit dem ich die Welt verändern kann, so dass ich weiß, dass es nicht nur eine Illusion ist. Das *Auryn* ist genau das!"

Als ich meine Hand nach dem Amulett ausstrecke, erklingt eine tonlose Stimme hinter mir, kalt und gefühllos wie ein Eishauch: „Dein eingebildeter Freund hat recht: Das Amulett ist gefährlich!“

Erschrocken fahre ich herum. Im Durchgang zu dem Raum mit den Druckplatten steht ein Enderman. Er trägt einen weißen Kittel. Am Ende seines überlangen Arms hält er eine eckige Spritze.

„Verschwinden Sie!“ Ich will es herausbrüllen, doch es fühlt sich an, als drücke mir jemand die Kehle zu, und meine Stimme ist nur ein heiseres Krächzen.

„Gib auf, Marko!“, sagt der Enderman. „Füge dich endlich in dein Schicksal! Je mehr du dich dagegen wehrst, umso schlimmer wird es für dich.“

Ich finde meine Stimme wieder. „Ha! Das könnte Ihnen so passen!“

Der Enderman macht einen Schritt auf mich zu. „Ich will dir bloß helfen, Marko! Bitte glaub mir!“

Nur mühsam gelingt es mir, die Starre abzuschütteln, die mich beim Anblick seiner leuchtenden Augen befallen hat. Ich strecke meine Hand nach dem Amulett aus.

„Nein!“, ruft Platon. „Tu das nicht!“

„Er hat recht, Marko!“, wispert der Enderman. „Es ist viel zu gefährlich!“ Sein Arm mit der Spritze schießt vor. Ich kann gerade noch mit einem Sprung zur Seite ausweichen.

„Weiche von uns, du Ausgeburt des Tartaros!“, ruft Platon aus. Er zückt sein Schwert und stürzt sich auf den Enderman. Doch der lacht bloß heiser. Er berührt den Philosophen einmal mit dem Arm, woraufhin dieser reglos zu Boden fällt.

„Platon!“ Ich will ihm zu Hilfe eilen, doch der

Enderman stellt sich mir in den Weg.

„Vergiss den alten Mann! Der ist ohnehin seit über zweitausend Jahren tot."

„Sie elender Mistkerl!", rufe ich.

Der Enderman kommt näher. „Ja, schimpf ruhig, Marko, wenn dir das hilft. Und dann ergib dich in dein Schicksal!"

„Niemals!" Ich will nach dem Amulett greifen, doch ich habe keine Finger, und es scheint nicht mit meinem Arm zu interagieren wie die anderen Objekte der Würfelwelt. Ich kann es weder berühren noch in meinen Geist aufnehmen. Es ist ein Fremdkörper in diesem Universum, ein Spuk, eine Illusion.

„Was ist?", fragt der Enderman hämisch. „Hast du Probleme?"

Ich gehe um die Statue herum, so dass sie zwischen mir und dem Scheusal ist. „Lassen Sie mich in Ruhe, Sie ... Monster!"

Was soll ich bloß tun? Den Enderman angreifen? Das, was er mit Platon gemacht hat, deutet darauf hin, dass er viel stärker ist als ein gewöhnlicher Minecraft-Mob. In meiner Verzweiflung kommt mir eine Idee. Statt des Schwerts nehme ich die Spitzhacke und schlage damit auf die Statue ein. Schon beim ersten Treffer zerspringt sie und verwandelt sich in einen hellgrauen Block, der in meinen Geist ploppt. Das Amulett jedoch fällt nicht etwa zu Boden, sondern schwebt weiter in der Luft.

„Nur zu!", ruft der Enderman und lacht. „Nimm es dir, wenn du kannst!"

Den Arm nach dem Amulett auszustrecken bewirkt immer noch nichts. Doch es gibt noch eine andere Möglichkeit, es umzulegen: Ich stelle mich genau dorthin, wo die Statue stand, so dass das Amulett jetzt auf meiner

Brust hängt.

Plötzlich sehe ich vor mir zwei waagerechte graue Balken übereinander in der Luft schweben. Sie sind halb transparent, so dass ich dahinter den Enderman und die Wand des Raums sehen kann. Auf dem oberen Balken steht in pixeliger Schrift: „Spielmodus Überleben". Auf dem darunter: „Zurück zum Spiel"

Der Enderman erstarrt. „Vorsicht, Marko! Du bist im Begriff, einen Fehler zu machen!"

Ich strecke den Arm aus. Es klickt, und auf dem oberen Balken steht jetzt „Spielmodus Hardcore".

„Pass auf, was du da tust!", sagt der Enderman. Seine Stimme klingt jetzt nervös. „Es ist gefährlich, an den Einstellungen herumzuspielen."

Ich klicke ein weiteres Mal auf den oberen Balken, der jetzt „Spielmodus Kreativ" anzeigt.

„Tu das nicht!", fleht der Enderman.

Ich klicke auf „Zurück zum Spiel".

Die beiden Balken verschwinden. Ein pixeliges Symbol eines Amuletts erscheint in meinem Geist neben dem Symbol für die Spitzhacke, die ich immer noch halte. Ich kann das schwere Metall auf meiner Brust spüren. Es fühlt sich warm an und pulsiert leicht, so als hätte ich plötzlich ein zweites Herz.

Als ich mich auf mein Inneres konzentriere, bestätigt sich, was ich gehofft hatte: Eine unendliche Anzahl von Materialien, Blöcken und Gegenständen steht mir zur Verfügung.

„Was hast du getan!" Es ist nicht der Enderman, der das sagt, sondern Platon, der wieder auf den Beinen ist.

„Wir sind jetzt im Kreativmodus", erkläre ich stolz. „Dieser Blödmann hier kann mir gar nichts mehr!"

Zum Beweis verpasse ich dem Enderman eins mit dem Schwert. Er verschwindet mit einem Plopp.

„Und was geschieht nun?"

Hm. Die Frage ist berechtigt: Wir haben etwas gesucht, das in der Minecraft-Welt nicht existieren kann. Wenn wir es fänden, so hatte ich gehofft, würde die Illusion wie eine Seifenblase zerplatzen und ich wäre wieder in der Realität. Das *Auryn* ist zweifellos ein Gegenstand, der nicht in die Minecraft-Welt gehört. Doch ich bin immer noch hier.

„Offenbar sind wir noch nicht am Ziel", stelle ich fest. „Aber wenigstens müssen wir jetzt keine Angst mehr vor Riesenspinnen haben!"

„Was macht dich so sicher?"

„Im Kreativmodus kann ich die Welt verändern, wie ich will. Ich habe alle Gegenstände und Blöcke in meinem Geist, die es gibt. Die Wesen der Würfelwelt können mich nicht mehr angreifen. Ich kann sogar fliegen. Türen und Wände sind für mich kein Hindernis mehr, selbst wenn sie aus Bedrock bestehen."

„Du hältst dich also für einen Gott. Fürwahr eine gefährliche Illusion!"

„Das ist keine Illusion." Ich strecke den Arm aus, um es ihm zu demonstrieren. Einer der Bedrockblöcke in der gegenüberliegenden Wand verschwindet. Doch als hätte ich damit eine Kettenreaktion ausgelöst, lösen sich auch die übrigen Blöcke einer nach dem anderen ploppend in Nichts auf wie zerplatzende Seifenblasen.

Nach wenigen Sekunden ist alles verschwunden: der Raum, in dem wir eben noch waren, der Vorraum mit den Druckplatten, die gewundene Treppe, das Steingesicht, die Spinnenhöhle. Stattdessen stehe ich auf einer leeren, unendlich weiten Ebene, die mit grünen Pixeln bedeckt ist.

Über mir ziehen Kastenwolken an einem blauen Himmel entlang. Die quadratische Sonne steht fast genau über mir.

Erschrocken sehe ich mich um. Platon ist zusammen mit allem Anderen verschwunden. Ein Gedanke genügt, um mich in die Luft zu heben. Von hoch oben habe ich einen besseren Überblick. Doch weit und breit ist nichts zu sehen außer einer leeren, grünen Fläche.

Ich bin völlig allein.

23.

Was habe ich getan! Statt mich meinem Ziel zu nähern, bin ich nun weiter davon entfernt als je zuvor!

Vielleicht hätte ich statt des Kreativmodus den Hardcore-Spielmodus wählen sollen? Damit hätte ich nur ein einziges Leben - sobald mich ein Monster besiegt, wäre ich ein für alle Mal tot. So wie in der Wirklichkeit. Stattdessen habe ich mich in einen Gott verwandelt! Wie konnte ich bloß auf die Idee kommen, dass mir das helfen würde?

Ich versuche, das Amulett zu aktivieren, um wieder die Systemeinstellungen zu sehen. Doch was ich auch tue, es geschieht nichts. Das *Auryn* ist jetzt bloß noch ein pixeliger, nutzloser Gegenstand in meinem Inventar, höchstens als Dekoration zu gebrauchen.

Platon hatte wieder einmal recht. Warum habe ich bloß nicht auf ihn gehört?

Wut steigt in mir auf. Wut auf mich selbst, weil ich nicht auf meinen Lehrer gehört habe. Wut auf Dr. Johannsen, der mich dazu gebracht hat, in diese Traumwelt zu flüchten. Vor allem aber grenzenlose Wut auf Amelies Stiefvater für das, was er ihr und mir angetan hat. Der Zorn wird immer stärker, bis ich vor lauter Frust wütend mit dem Bein aufstampfe. Oder jedenfalls will ich das tun. In der Würfelwelt bewirkt es, dass ich ein paar Meter in die Luft hüpfe.

Als ich wieder aufkomme, gibt es einen lauten Knall. Eine Delle entsteht im Boden und breitet sich wie eine Schockwelle kreisförmig um mich herum aus. Die Welle wird immer höher, je weiter sie sich von mir entfernt. Dabei hinterlässt sie anstelle der glatten Ebene unregelmäßig geformtes grünes Terrain, das an einigen Stellen aufreißt und Erde und Stein zum Vorschein kommen lässt. Als sie schließlich abebbt, stehe ich nicht mehr auf einer leeren Ebene, sondern in einer hügeligen Landschaft. In der Ferne hat mein Zornausbruch sogar richtige Gebirge aufgetürmt.

Wow!

Ich versuche es erneut und springe noch einmal hoch. Wieder breitet sich eine Welle aus, die die Landschaft verändert, doch diesmal ist der Effekt weniger stark. Die Hügelformen wandeln sich ein wenig, einige Berggipfel werden höher, andere senken sich etwas ab. An ein paar Stellen reißt der Boden zu Schluchten und Gräben auf.

Ich erhebe mich in die Luft und sehe, dass die beiden Wellen das Gelände verformt haben, so weit das Auge reicht. Doch immer noch besteht die Landschaft nur aus Graswürfeln, die hier und da mit Erde und Stein durchsetzt sind. Außer ein paar Unebenheiten habe ich nichts bewirkt.

Ich schwebe wieder herab. Versuchshalber wähle ich einen Eichenschössling aus meinem unerschöpflichen Inventar und platziere ihn auf einem Erdwürfel. Augenblicklich entsteht an dieser Stelle eine ausgewachsene, zehn Blöcke hohe Eiche. Doch nicht nur das: Überall um mich herum schießen nun Eichen aus dem Boden. Als ich mich wieder in die Luft erhebe, kann ich sehen, wie sich der Wald kreisförmig über die hügelige Landschaft ausbreitet, als sei das Land von einer seltsamen Epidemie befallen. Nur die steilsten Berge bleiben leer.

Interessant! Vielleicht sollte ich Notch mal vorschlagen, dass er diesen Turbo-Kreativmodus in das Spiel einbaut.

Ich schwebe ein Stück durch die Luft, bis ich eine tiefe Senke in der Landschaft sehe, die ebenfalls mit Eichen gefüllt ist. Ich gehe tiefer und platziere einen Wasserblock zwischen den Bäumen. In Sekundenschnelle breitet sich das Wasser aus wie eine Sintflut. Die Bäume verschwinden so unmittelbar, wie sie erschienen sind. Einen Moment lang befürchte ich, dass nun die ganze Welt in einem Ozean versinken wird. Doch das Wasser füllt nur die Flächen aus, die tiefer sind als der Block, den ich platziert habe. Bald umgibt die Hügel und Berge ein ausgedehntes Meer. In der Ferne sehe ich Inseln oder Kontinente herausragen. An der Küste sind schmale Sandstreifen entstanden.

Ich fliege durch die Welt und platziere hier und da Schlößlinge, Blumen und Grassamen. Die verschiedenen Pflanzen durchmischen einander, doch dies geschieht nicht gleichmäßig: An manchen Stellen überwiegt Wald, an anderen machen die Bäume ausgedehnten Grasflächen Platz. Als ich einen Kaktuswürfel platziere, entsteht um ihn herum sogleich eine Sandwüste. Bald ist die Welt in Biome unterteilt, ganz ähnlich wie die Minecraft-Spielwelt, wenn man ein neues Spiel startet.

Zum Schluss platziere ich noch ein paar Lebewesen, oder besser gesagt die dazugehörigen Spawner-Eier: Kühe, Schweine, Schafe, Hühner, Wölfe, Ozelote, Pferde, Tintenfische. Jedes Mal, wenn ich ein Ei in einem Biom platziere, in dem das betreffende Wesen natürlich vorkommt, schlüpft gleich eine ganze Herde von ihnen. Wenn ich das Ei in das falsche Biom lege, erscheint dagegen nur ein einziges Wesen, das sich verwirrt umsieht und dann davon läuft, auf der Suche nach einem geeigneteren Lebensraum.

Eine Weile macht es richtig Spaß, Gott zu spielen. Doch irgendwann gehen mir die Ideen aus. Ich habe jetzt alle Arten von Blöcken irgendwo platziert; weitere Blöcke verändern die Welt kaum noch erkennbar. Lebewesen wuseln überall herum. Ich habe auch ein paar Dorfbewohner spawnen lassen, die sogleich angefangen haben, Häuser zu errichten. Nur Monster habe ich noch nicht erzeugt, aber die werden ohnehin von selbst entstehen, wenn es Nacht wird.

Als die Sonne untergeht, jage ich in raschem Flug über die Landschaft. Und tatsächlich ploppen unter mir Skelette, Zombies, Creeper, Spinnen und Endermen aus dem Nichts.

Ich fliege die ganze Nacht hindurch ziellos herum. Hin und wieder sehe ich in der Ferne ein Leuchten, dann schlägt mein Herz höher vor Hoffnung. Doch wenn ich mich nähere, ist es entweder Lava oder ein gewöhnliches Dorf mit Bewohnern, die ungefähr so intelligent sind wie Kühe.

Als der Morgen dämmert, sinke ich am Ufer eines Meeres enttäuscht zu Boden. Es hat keinen Sinn, weiterzusuchen. Diese Welt hat kein Ende. Wahrscheinlich gibt es hier Millionen Dorfbewohner, aber keinen Einzigen, mit dem ich mich unterhalten könnte. Platon, der einzige Freund, den ich in dieser Welt hatte, ist und bleibt verschwunden.

Ich betrachte das *Auryn* in meinem Inventar. Bei seinem Anblick befällt mich erneut diese abgrundtiefe, ohnmächtige Wut. Mit einem einzigen Gedanken schleudere ich das nutzlose Ding ins Meer. Es verschwindet mit einem leisen Platschen in den Fluten.

Eine Weile starre ich ihm nach, dann wende ich mich ab und versuche, mich wieder in die Luft zu erheben, doch das funktioniert plötzlich nicht mehr. In meinem geistigen Inventar sind auch nicht mehr unendlich viele Blöcke. Genau genommen ist da gar nichts mehr. Anscheinend war das *Auryn* doch nicht so nutzlos, wie ich dachte!

Das habe ich ja toll hingekriegt! Erst schalte ich in den

Kreativmodus und schließe mich damit für immer in dieser Welt ein, dann werfe ich auch noch das Amulett weg und bin wieder im Überlebensmodus, ohne etwas Sinnvolles erreicht zu haben. Zwei so fatale Fehler hintereinander, das muss mir erst mal einer nachmachen!

Ich springe ins Meer und tauche nach dem Amulett, doch ich habe nur begrenzt Luft, und der Ozean ist ausgerechnet an dieser Stelle sehr tief. Ich versuche mehrmals, das *Auryn* zu finden, doch jedes Mal ertrinke ich und spawne wieder am Ufer.

Schließlich gebe ich auf. Das Amulett ist unwiederbringlich verloren und damit auch meine Macht, diese Welt zu verändern. Einsam und verlassen, mit leerem Inventar, stehe ich auf einem schmalen Sandstrand am Ufer eines Würfelmeers. Links von mir erhebt sich das Ufer in ordentlichen grünen Treppenstufen. Bäume mit schwarzweißen Pixelstämmen erheben sich dort, die Blätter in ordentlichen Würfeln angeordnet.

He, Moment mal!

Ich blicke mich um. Es kommt mir vor, als sähe ich die Würfelwelt zum ersten Mal. Dabei war ich schon einmal hier! Genau genommen schon oft. Dies ist exakt die Stelle, an der ich mich wiederfand, als ich zum ersten Mal in der Würfelwelt aufgewacht bin, ohne zu wissen, wer ich bin und wie ich hierher kam!

Aber wie kann das sein? Wie kann ich zufällig hier gelandet sein, in einer Welt, die ich doch gerade erst selber erschaffen habe? Oder ist das gar kein Zufall? Hat alles, was bisher geschehen ist, irgendeinen verborgenen Sinn? Ich wünschte, Platon wäre hier. Er hätte vielleicht eine Antwort. Doch wie ich ihn kenne, würde er sie mir nicht sagen. Er würde mich auffordern, die Lösung selbst herauszufinden. Also werde ich genau das tun: Ich werde diese Welt erforschen und einen Weg hinaus finden, egal, wie lange es dauert!

Anscheinend stehe ich wieder ganz am Anfang meiner Reise. Vielleicht muss ich noch einmal gemeinsam mit Gronkh den Rätselraum finden, in der Stadt der Untoten mit dem Tod verhandeln, den Wither besiegen, auf dem Enderdrachen reiten. Vielleicht erwartet mich diesmal aber auch etwas völlig anderes.

Was auch immer es ist, ich werde mich der Herausforderung stellen: für Amelie, für meine Mam, für meinen Freund Jan, für mich selbst. Ich werde den Enderman jagen und Amelies Stiefvater hinter Gitter bringen. Was auch immer mir das Schicksal und mein eigenes Unterbewusstsein für Hindernisse in den Weg legen, ich werde sie alle überwinden!

Erfüllt von neuem Mut hüpfe ich den Hügel hinauf. Dies mag der Anfang einer langen Reise durch eine Welt voller Gefahren sein. Aber ich hätte es auch schlechter treffen können: Wenigstens bin ich nicht in irgendeiner bizarren Alptraumwelt gefangen oder in einem albernen Jump 'n' Run, sondern im besten Computerspiel der Welt!

FORTSETZUNG FOLGT.

3192877R00121

Printed in Germany
by Amazon Distribution
GmbH, Leipzig